狼さんはリミット寸前

神香うらら

幻冬舎ルチル文庫

CONTENTS ✦目次✦

狼さんはリミット寸前

✦カバーデザイン＝久保宏夏（omochi design）
✦ブックデザイン＝まるか工房

イラスト・花小蒔朔衣✦

狼さんはリミット寸前

1

花丘市《はなおかし》は風光明媚《ふうこうめいび》な土地として知られている。

街の中心部には一級河川の鳥居川《とりいがわ》がゆったりと流れ、なだらかな稜線《りょうせん》を描く山が市街地を取り囲むように連なるさまが美しい。

温暖な気候、緑豊かな環境、豊富な海の幸と山の幸——それだけではなく文化施設や医療機関も充実しており、全国の暮らしやすい街ランキングでたびたび上位にランクインしている。

キャッチフレーズは〝田舎すぎず都会すぎない文化の発信地〟。駅前にはデパートが二軒あり、駅から市役所にかけての大通りには洒落《しゃれ》た店が軒を連ねている。特に目を引くのが、この街から全国区になったファッションブランドが構えた自社ビルだ。

一方、川のほとりにそびえる花丘城周辺の城下町は、駅前の繁華街とは趣《おもむき》が異なっている。県庁、県立美術館、県立図書館……花丘市の広報部がカルチャーゾーンと名付けたこの地区は、少々クラシックでレトロな雰囲気が売りだ。

戦時中、花丘市は敵軍の空襲を受けたが、城下町は戦火を免れた。それゆえ大通りから一歩中に入ると幅の狭い道路が縦横に走り、戦前の建物が今も数多く残っている。

一時期は開発から取り残されて寂れかけていたこの地区は、十年ほど前に地元の画家が古い商家をアトリエ兼ギャラリーに改装したことをきっかけに、若手アーティストが集まるようになった。カフェやギャラリー、数々のアートプロジェクトが誕生し、今や花丘の新たなランドマークとして注目を浴びている。

そのカルチャーゾーンの一角、大きな交差点に面した場所に、花丘地方裁判所がある。

いかにも七〇年代風の建物の玄関前には、今どき滅多に見かけないソテツの木が三本そびえ立っている。裁判所に寄り添うように建っている花丘市弁護士会館も、相当年季の入った建物だ。

弁護士会館の正面口の自動扉が軋《きし》んだ音を立てて開き、長身の男が出てくる。

紺色のスーツ、きっちりと撫《な》でつけた髪、手にした黒いブリーフケースは書類でぱんぱんで、その出《い》で立ちから弁護士であろうことが窺《うかが》える。

——渡辺雄大《わたなべゆうだい》。四つ葉《よつば》法律事務所に所属する新米弁護士だ。

眼光鋭い、精悍《せいかん》な顔立ち。がっしりした顎《あご》と真一文字に引き結んだ唇の辺りに、生真面目《きまじめ》さがにじみ出ている。

日に焼けた男くさい風貌は、弁護士というよりも刑事といったほうが似つかわしい。加えて身長は百九十センチ近く、広い肩と厚い胸板がスーツの下で窮屈そうに盛り上がっている。背筋を伸ばし、大股《おおまた》で颯爽《さっそう》と歩く姿にも隙《すき》がない。いかにも体育会系な雰囲気を漂わせており、実際高校までは野球部、大学ではボート部に所属し、体を鍛えてきた。

交差点の横断歩道を渡ろうとし、青信号が点滅し始めたのを見て立ち止まる。律儀に数歩下がって、雄大は腕時計に目を落とした。

午後二時四十分。終了予定時刻より大幅に遅れてしまったが、この時間なら事務所にはまだ誰も戻っていないだろう。

振り返って、地方裁判所を見上げる。

今頃法廷では、傷害事件の裁判の真っ最中だ。被告人はナイフで刺した事実を認めているので、あとは殺意の有無の判断だろう。

事件のことを思い出し、雄大はため息をついた。

被告はストーカー被害に遭っていた。警察に相談しても埒《らち》があかず、身の危険を感じて護身用のナイフを持ち歩いていた。ある日家の前で待ち伏せしていたストーカーと揉《も》み合いになり、警告のつもりでちらつかせたナイフが運悪く刺さってしまい、加害者になってしまったのだ。

(三宅《みやけ》先生なら、きっと正当防衛を勝ち取ってくれると思うけど)

四つ葉法律事務所は、三宅洋二《ようじ》と平松康夫《ひらまつやすお》というふたりのベテラン弁護士の共同事務所だ。

三宅は元検事、平松は東京の大手法律事務所出身で、ともに花丘の出身、高校の同級生だったという。刑事に強い三宅、民事に強い平松がそれぞれの得意分野を生かし、信頼できる法律事務所として評判が高い。

四つ葉法律事務所には、居候弁護士――通称イソ弁がふたり在籍している。

難波《なんば》明久《あきひさ》、三十歳、そして雄大が二十六歳。難波は会社員から転身して弁護士五年目、雄大は大学院在学中に司法試験に合格し、卒業と同時にこの道に入って二年目の新米だ。

他に事務職員の女性が三名おり、三宅と平松にそれぞれ秘書兼アシスタント、もうひとりが雄大と難波のアシスタントと総務的な仕事をしている。

「よお、今帰りか」

信号が青に変わり、一歩踏み出そうとしたところで、背後から声をかけられた。

「あ、お疲れさまです」

声をかけてきたのは、先輩弁護士の難波だった。

ダークグレーのスーツに包まれた百八十五センチの引き締まった体軀《たいく》が目を引く、都会的で華やかな男だ。男前ではあるがいささか武骨な印象の雄大と違って、弁護士というよりはモデルか俳優といったほうがぴったりくる。

「どうでした?」

周囲を見て人がいないのを確認し、小声で尋ねる。

「ああ、ま、予想通りかな。決着つかなくて、次回に持ち越し」

難波が肩を竦《すく》めてため息をつく。

難波が担当しているのは、大揉めに揉めている夫婦の離婚調停だ。お互い一歩も譲らぬ膠《こう》着《ちゃく》状態で、多分調停では決着がつかずに裁判にもつれ込むことだろう。

「おまえのほうは？　今日も盛況だった？」

「ええ。ひとり、うちに来てくれそうな感触です」

交差点を渡り終え、難波と肩を並べて歩きながら頷《うなず》く。

先ほどまで弁護士会館で行われていたのは、無料の法律相談会だ。週に一度開かれており、県内の弁護士が交替で市民の相談に乗っている。ひとり三十分程度なのであまり突っ込んだ話はできないが、いきなり弁護士のところへ行くのはハードルが高い、本当に弁護士が必要な案件なのか知りたい、こういった方面に詳しい弁護士を紹介して欲しい――そういったニーズに応える場として人気が高い。

そして雄大のような若手弁護士にとっては、経験を積むいい機会にもなっている。これをきっかけに依頼が舞い込むことも多く、弁護士と顧客のマッチングの場とも言えるだろう。

「それはそうと……」

難波がちらりと雄大を見やり、意味ありげな笑みを浮かべる。

「週末の合コン、あのあと、あの子お持ち帰りしたのか？」

肘《ひじ》で腕を軽く小突かれ、雄大は苦笑した。

先週末、難波の知り合いの経営コンサルタントが主催する合コンに人数合わせで駆り出された。あまり乗り気ではなかったのだが、難波に頼み込まれて断れなかったのだ。

「いいえ。駅まで送っていっただけです」

「まじで？　あの子、おまえに気がありそうだったじゃん」

「あの場にいた女性はみんな難波さん狙いでしたよ」

お世辞ではなく、事実だ。少し遅れて難波が現れたとき、着飾った女性陣の目がいっせいに獲物を前にした肉食獣のそれと化したのを、雄大は目《ま》の当たりにした。

「わかってる。俺はいつだって一番人気だ」

難波がわざと真面目くさった表情を作って肩を竦める。

「だけど俺の場合、ダントツ過ぎてかえって引かれるんだよな。第一印象ではまず俺に注目が集まる。なんせこのルックスに弁護士の肩書きだ。だけど彼女たちは考える。この人、かっこよすぎて競争率高そう。それに、いかにも遊んでそう。結婚するなら浮気しない人じゃないと。で、二番目に人気の高いおまえに行く」

芝居がかったセリフに、雄大は声を上げて笑った。

「二番人気は県庁の産業振興課の主査でしたよ」

「ああ、あの眼鏡の真面目そうな兄ちゃんか。うん、確かにあれは手堅い物件だ。だけどおまえも負けてなかったぞ」

「俺みたいな体育会系は好き嫌いがはっきり分かれるんです」

「言えてる。マッチョは人を選ぶな」

歩道を走ってきた自転車を華麗に避《よ》けながら、難波が大きく頷く。

話が途切れ、しばし無言で、裁判所から徒歩五分ほどの事務所を目指す。

県立美術館を過ぎ、大通りを渡ると、十年ほど前にできた市民文化ホールがある。オープン当初は古い街並みの中に突如現れた前衛的な建物に批判もあったようだが、今ではすっかり周囲に馴染《なじ》んで違和感がない。

そして市民文化ホールから県庁にかけての通りが、もっとも城下町らしいエリアだ。

「なあ、おまえが恋愛に消極的なのって、やっぱりまだ初恋の彼女を引きずってるから？」

ふいに難波に問いかけられ、雄大はぎくりとして振り返った。

「……ええ、まあ、多分」

曖昧《あいまい》に答え、視線をそらす。

雄大には忘れられない初恋の相手がいる。四つ葉法律事務所に就職して間もない頃、難波と一緒に飲みに行った席で、そのことをついぽろっと漏らしてしまった。

正確には、〝彼女〟ではなく〝彼〟だ。相手が男であることを隠し通すだけの理性は残っていた。

しかし酔っていたとはいえ、今まで誰にもしゃべったことのない初恋の思い出をいとも簡単に聞き出した難波はただ者ではない。物腰柔らかで聞き上手、いつのまにか相手の懐《ふところ》に入り込んで、本音を引き出す術《すべ》に長《た》けている。

以来、雄大は難波とこの手の話題になると慎重に身構える癖《くせ》がついてしまった。

「ま、そういうのって忘れろって言ったたって忘れられるもんじゃないんだろうけど。でもせっかくもてるんだから、あまり深く考えずにとりあえずつき合ってみれば？」

軽く言って、難波が四つ葉ビルヂングの古めかしい扉を肩で押し開ける。

県庁前の交差点に面したこのビルは、一九三〇年代に建てられたものだ。当時としては画期的だったのだろう、左右対称のアールデコ様式で、昭和モダンの香りを色濃く漂わせている。高い天井、吹き抜けになった大階段、瀟洒《しょうしゃ》なウォールランプ――レトロな雰囲気が人気を呼び、アマチュアカメラマンの間では結構有名な撮影スポットらしい。

といっても、現在の四つ葉ビルヂングは一九九〇年代に復元されたものだ。老朽化で取り壊されることになった際、当時のオーナーがなんとしてもこの外観を残したいと奔走し、見た目は昔のまま、構造や設備を最新式にしてよみがえらせた。

一階の生花店とカフェ、地下のイタリアンバールは外から直接入れるようになっており、二階から上は正面玄関とロビーを通らねばならない。このエントランス部分がなかなか洒落ていて、磨《す》りガラスの嵌《はま》った両開きのドアの上には明かり取りの天窓があり、鉄製のアールデコ調の飾りが施されている。

二階には歯科クリニックと美容院、三階は地元タウン誌を発行している出版社、そして四階に四つ葉法律事務所と探偵事務所が入っている。

この探偵事務所の主が、ビルのオーナーだ。

初代オーナーの曽孫《ひまご》だというその男性は、最上階の五階に住んでいる。

見たところ三十代半ばから四十くらい、四つ葉法律事務所の仕事も請け負っており、時折三宅や平松を訪ねてくることもある。

このビルの他にもいくつか不動産を所有していると聞いているので、働かなくても暮らしていける結構なご身分なのだろう。探偵事務所も趣味でやっているようなもので、開けたり開けなかったり、不定休で気ままにやっているようだ。

ロビーの奥にあるエレベーター——これは復元の際に新たに取り付けられたものだ——のボタンを押して、難波がふいに思い出したように顔を上げた。

「そういや三階の空室、近々入居するって聞いた」

「そうなんですか？　今度は何が来るんです？」

現在空室のテナントにはベンチャー企業のオフィスがあったのだが、手狭になって近所のビルに引っ越していったばかりだ。

「デザイン事務所って言ってたかな。隣の倉咲市《くらさきし》からの移転らしい」

「へえ……四つ葉会で歓迎会やりますかね？」

「当然。会長が張り切ってる」

四つ葉ビルヂングには〝四つ葉会〟なる組織がある。元は自治会だったらしいが、いつの頃からか同じビルの店子《たなこ》同士で交流しましょうという緩い集まりになり、年に何度か顔を合わせて飲み会をするようになった。そこからテニス同好会が発生したり、有志で花見やバーベキューパーティーといったイベントを企画したり、今では社会人サークル的な集まりになっている。

異業種交流会的な面もあり、メンバーは皆気のいい連中なので、合コンは苦手な雄大も四つ葉会の集まりは楽しみにしている。

「さーて、夕方までに書類仕事を片付けちまうか」

エレベーターに乗り込むと、難波は重たい鞄《かばん》を足元に置いて伸びをした。同時にポケットの中でスマートフォンが鳴り出し、液晶画面を確認して通話ボタンを押す。

「ああ、先日はどうも。……え？　いやあ、なかなかうまくいきませんよ。……来週の水曜ですか？　ええと……ちょっと待ってください」

保留ボタンを押して、ちらりと雄大のほうへ目を向ける。

「赤木《あかぎ》さんが、来週水曜日にまた合コンやるって。おまえにも来て欲しいみたいだけど、どうする？」

赤木というのは、難波の知り合いの経営コンサルタントだ。アラフォーのバツイチで、仕事にも遊びにもやたらとエネルギッシュな、少々暑苦しい男である。

「いや、遠慮しときます」

四階に到着したエレベーターの〝開〟ボタンを押しながら、雄大は首を横に振った。

「えー、行かないの？　おまえには新たな出会いが必要だと思うぜ」

「いいっすよ。出会うにしても、合コンはちょっと」

先週の合コンでの苦い思い出がよみがえり、自然と眉間《みけん》に皺《しわ》が寄る。

――駅まで送っていった女性に、ホテルに誘われた。

いわゆる〝やりコン〟ではなくもう少し真面目な……本気で結婚相手を探すためのお見合いコンパだと思っていたので、彼女の軽々しい誘いに雄大は驚いてしまった。

別に結婚するまで貞操を守れなどと言うつもりはないが、雄大にはよく知りもしない相手と出会ったその日に寝ようという気持ちが理解できない。断ったときの彼女の不機嫌な態度に、自分はこういう出会いには向いていないとしみじみ実感した。

「ま、実を言うと俺も合コンは好きじゃないんだ。こないだ一回つき合って義理は果たしたし、俺もパスだな」

言いながら、難波がエレベーターから降りて通話ボタンを押す。

「先に戻ってますね」

小声で言って、雄大はホールの右手にある事務所へ向かった。

ドアを開けて、事務職員のひとり、雄大と難波のアシスタントを担当している守屋久美子《もりやくみこ》に声をかける。

「戻りました」

四十二歳の彼女は、この事務所が設立された当初から働いているベテランだ。秘書や経理の仕事だけでなく、各種証明書や登記簿を取り寄せたり、事件に関する法令や判例を探したり、いわゆるパラリーガル的な存在でもある。

本人は仕事に没頭しすぎて婚期を逃したなどと言っているが、スキーにダイビング、観劇と自由な独身生活を大いに楽しんでいる様子からは、結婚したいという意思はまったく窺えない。

この事務所は独身率が高く、そのことも影響しているのかもしれない。三宅はバツイチ、平松は独身、三宅と平松のアシスタントはともに五十代の女性で、ひとりはバツイチのシングルマザー、残るひとりが事務所唯一の既婚者だ。

「お疲れさまです。渡辺先生宛の郵便です。あと、こちらがネットでの名誉毀損の判例です」

洒落たフレームの眼鏡を押し上げて、守屋が封書を何通かと分厚い資料の束を差し出す。

「ありがとうございます」

受け取って、奥のオフィスに向かう。

事務所内はいくつかの部屋に分かれており、三宅と平松がそれぞれ個室のオフィスを持ち、その間に応接室兼会議室がある。雄大と難波は部屋を共有しているが、半透明のパーティションで仕切られたスペースには充分な広さがあり、いったんデスクの前に座ってしまえば個室のようなものなので居心地はいい。

まずはパソコンを起《た》ち上げてメールをチェックし、郵便物を開封する。急ぎの用件がないことを確認してから、今日の法律相談会の報告書の作成に取りかかる。

それが終わると、次はインターネットの掲示板で名誉を毀損されたという依頼人の訴訟のため、守屋が用意してくれた判例を丹念に読み込む。

法律事務所の中には最初の一、二年は法廷に立つことなくアシスタント業務だけ、というところもあるようだが、ここは実践で学ぶ方式だ。雄大も、ここに来て三ヶ月後には初めての裁判に臨んだ。

難波は平松に師事し、民事のエキスパートになるべく研鑽《けんさん》を積んでいる。雄大は三宅に師事しており、いずれは刑事事件をメインにやっていきたいと考えているが、この事務所の教育方針で、最初の数年は敢《あ》えていろいろな分野を経験するよう指導されている。

資料に没頭していた雄大は、ふと漂ってきたコーヒーの香りに、いつのまにか難波も戻ってきて隣のスペースでせっせと書類を作成していることに気づいた。

(俺もちょっと休憩しよう)

資料を閉じて立ち上がり、奥の給湯室へ向かう。

時間があるときは一階のカフェのテイクアウトを利用するのだが、今はあまり手を休めたくない。インスタントコーヒーを入れたマグカップを手に、窓辺に立って外を見下ろす。

県庁通りのハナミズキの並木が風に揺られている。四月中旬、白い花は今が最盛期だ。

窓辺を離れて席に戻ろうとしたところで、ふと、四つ葉ビルヂングの正面玄関から誰かが出てくるのが見えた。

水色のパーカにベージュのチノパンというカジュアルな服装の青年だ。これ以上痩《や》せられないというくらい痩せていて、捲《まく》り上げた袖から覗《のぞ》く肌の白さが際立っている。

青年がビルの前で立ち止まり、左右を見渡す。

「……!」

ちらりと見えた横顔に、雄大はぎくりとして体を強《こわ》ばらせた。

——歩《あゆむ》に似ている。

顔が見えたのは一瞬だったし、斜め上からの角度なので確信は持てない。

けれど青年の持つ雰囲気や身のこなしが知り合いに似ていたような気がして、胸の中が大きくざわめき始める。

「どうかしました？」

給湯室に入ってきた守屋が、窓辺で固まっている雄大を怪訝《けげん》そうに見やる。

「……いえ、なんでもないです。今ちょっと、見慣れない人がビルから出てきたので……」

しどろもどろに説明しつつ、雄大は水色のパーカの青年を目で追った。

彼はこちらに背中を向けて通りを歩いて行く。ぴんと伸びた背筋や少しせかせかした歩き方もそっくりだ。

歩とは彼が高一のとき以来会っていないが、彼が大人になったらこんな感じになっているのではないだろうか……。

「ああ、今度三階に越してくるデザイン事務所の人じゃないですか？　ゴールデンウィーク中に引っ越し作業をするそうで、さっき何人か下見に来てましたから」

「へえ……」

守屋の言葉に頷きつつ、内心ひどく動揺する。

歩は高校時代美術部に入っていた。その道に進んでデザイナーになっていたとしても不思議ではない。

（いやいや、先走るな。これまで何度も肩透かしを食らってきたじゃないか）

そう自分に言い聞かせ、窓に背を向ける。

就職のために花丘に戻ってから、雄大は歩と道端でばったり再会することを夢見てきた。

歩に似た横顔や後ろ姿を見かけるたびに胸を高鳴らせ、人違いだと気づいてがっかりしたことも一度や二度ではない。

考えてみたら、歩が花丘にいるとは限らないのだ。

それでも先ほど見かけた青年の後ろ姿が脳裏をよぎり、期待に胸が高鳴ってしまう。

「今度来るデザイン事務所、社長が結構有名なデザイナーらしいですよ。去年瀬戸内海で芸術祭があったでしょう。あれのロゴやポスターのデザインを手掛けた方ですって」

「そうなんだ」

「うちも洒落たフォントにしてロゴマークとか入れたらいいのに。せっかく四つ葉って言葉が入ってるんだから、クローバーのモチーフとか」

「確かに今の看板の字体は、ちょっと厳《いか》めしい印象ですね」

「そうそう。ま、三宅先生のイメージそのものだから、合ってると言えば合ってるけど」

言いながら守屋がマグカップを洗い、給湯室をあとにする。

給湯室にひとりになり、雄大はもう一度窓の外を見下ろした。

パーカの青年はもういない。制服姿の男子高校生が数人、何やら楽しそうにしゃべりながら歩いている。

濃紺の学生服は、雄大が卒業した花丘東《はなおかひがし》高校のものだ。彼らの頭上で白い花が揺れ、高校の中庭にもハナミズキが植えられていたことを思い出す。

コーヒーを飲みながら、雄大の意識は次第に過去へと引き込まれていった。

――山本歩《やまもと》。今も忘れられない、高校時代の初恋の相手。

伏せた瞳にかかる長い睫毛《まつげ》が印象的な、臆病な子鹿を思わせる少年――。

高校時代、雄大は野球部に所属する真面目な体育会系だった。

県立の進学校だったので、野球部といってもさほど厳しかったわけではない。練習は夕方五時までと決められていたし、部員たちも勉強の合間の息抜きに楽しむ程度だった。

雄大も甲子園を目指していたわけではなく、今思えば思春期の苛立《いらだ》ちや将来への不安などから生じるストレスを、野球に打ち込むことで発散していたのだと思う。

一年中真っ黒に日焼けして頭はスポーツ刈り、着るものは制服、ユニフォーム、ジャージのどれか。後に弁護士になったと言ったら同級生が「あの無口だったおまえが？」と驚いたほど、当時はいつも不機嫌でむっつり黙っているような、可愛げのない生徒だった。

それでも野球部にいれば一部の女子にはもてる。身長は既に百八十センチを超えており、無愛想ながら目立つ存在ではあった。

何度か交際を申し込まれたこともある。けれど雄大は、それらをすべて丁重に断った。

雄大は恋愛に関しては生真面目なロマンティストだ。本当に好きな人としかつき合いたくないし、つき合うべきではないと考え、好きでもない相手と軽々しく関係を持つことに嫌悪感を抱いていた。

そのうち本当に好きだと思える相手が見つかったら、つき合えばいい。

そう考えて、友人たちが次々と彼女を作る中、悠然とマイペースを貫いた。

そして三年生に進級し、彼女いない歴十八年目を迎えた春——。

朝から小雨が降りしきり、冬に逆戻りしたかのように肌寒かった四月半ばのあの日、雄大は彼と出会った。

その数日前、雄大はクラス委員に選出された。文武両道の模範的な生徒という立ち位置であることは自覚していたし、断る理由もないので引き受けた。

初めての委員会に出席したときのこと。生徒会室の扉を開けると、パイプ椅子が並べられた部屋にひとりぽつんと佇《たたず》んでいた少年が、はっとしたように振り返った。

そのときのことは、今でもよく覚えている。

薄暗い部屋に一輪の白い花が咲いている——柄にもなくそんなことを考えてしまったほど、彼がまとっている空気は印象的だった。

『…………』

紅茶を思わせる茶色い大きな瞳が、怯《おび》えたように雄大を見上げた。形のいい唇が何か言おうと開きかけ、思い直したように固く引き結ばれる。

その愛らしい唇の動きに、雄大は釘付けになってしまった。

食い入るように見つめていると、彼は困ったように視線をさまよわせ、やがて俯《うつむ》いて長い睫毛を伏せてしまった。

雄大は決して人見知りするほうではない。いつもなら、初対面の生徒でも気軽に「委員会ってここでいいんだよな？」と話しかけていただろう。

けれど、彼の緊張が痛いほど伝わってきて、何も言えなかった。

そんなことは初めてだった。

『それでさあ、なかなか決まらなくて、結局くじ引きになっちゃって』

『まじで？　でもまあ、クラス委員やっときゃ内申書とか有利なんじゃね？』

『そうかなあ』

ふいに後ろから賑《にぎ》やかな話し声が聞こえてきて、雄大ははっと我に返った。

二年生の襟章を付けた男子生徒がふたり、生徒会室の入口に立ち塞《ふさ》がる雄大を怪訝そうに見上げる。

『えっと……クラス委員会って、ここですよね？』

『……ああ』

頷いて、雄大は生徒会室の中に足を踏み入れた。

室内に佇んでいた彼が所在なげに辺りを見まわし、手近な椅子に浅く腰かけるのが目の端に映る。

少し離れた場所に座って、雄大は斜め後ろからじっと彼を観察した。

校内で見かけた記憶がないので、多分新入生だろう。身長は百六十センチを少し超えるくらいだろうか。真新しいぶかぶかの制服の下の体は、かなりほっそりしていて頼りない。

学生服の襟から覗く白いうなじに、胸の奥がひどくざわめいて落ち着かなかった。

その感情がいったい何であるのかわからないまま、雄大は取りつかれたように彼を見つめ続けた。

『クラス委員の皆さん、こちらから学年、クラスの順に着席してください』

生徒会室に入ってきた教師が指示する。

いつのまにか室内には各クラスの委員が集まっており、雄大は立ち上がって三年三組の席へ向かった。

彼は一年三組の席に着く。雄大の席とひとつ置いて横並びなので、振り返ると横顔が目に入った。

自分と彼の間には二年三組の委員が座っていたが、完全に素通りして雄大の意識は彼に集中していた。

『出欠を取ります。名前を呼ばれたら返事をしてください』

教師が名簿を見ながら、クラス委員の名前を読み上げてゆく。

『一年三組、山本歩』

『はい』

少し高めの、涼やかな声だった。

――山本歩。その名前をしっかりと心に刻み込む。

教師が今年度のクラス委員の活動計画について話している間も、雄大の意識はずっと歩に向けられていた。

雄大の視線を感じるのか、歩が時折ちらりと振り返り、目が合いそうになると慌てて視線をそらす。

歩のほうも自分のことを意識しているのが伝わってきて、雄大の心はますますざわめいた。

それは初めて味わう感覚だった。

今思えば、あのとき自分は歩にひと目惚《ぼ》れしていたのだろう。

けれど当時はなぜ歩のことがこんなに気になるのかわからなくて、多分こんなに綺麗《きれい》な男を見たのが初めてだからだ、と結論づけていた――。

事務所の電話が鳴る音に、はっと我に返る。コール音が二回鳴ったところで守屋が「はい、四つ葉法律事務所です」と愛想よく応答する声が聞こえてきた。

すっかり冷めたコーヒーを飲み干し、雄大はワイシャツの袖を捲り上げてマグカップを洗った。

(思い出に浸るのは、仕事が終わってからにしよう)

雄大にとって、初恋の記憶は甘いものではない。

もちろん初めて誰かに恋い焦がれた日々は甘酸っぱく大切な思い出ではあるが……それ以上に苦い後悔と自己嫌悪の感情が押し寄せてきて、思わず叫び出したくなってしまうのだ。

仕事中に歩のことを考えてはならない。

大きく息を吐いて頭を仕事モードに切り替え、雄大は給湯室をあとにした。

2

——生徒会室が賑やかにざわめいている。

制服が濃紺の学生服から白い開襟シャツに替わり、校内が一気に明るくなった、六月最初の、そして三回目の委員会。

その日雄大は、期待に満ちた眼差《まなざ》しで生徒会室の出入り口を見守っていた。なかなか来ない。もしかして今日は欠席だろうか。

『それでは委員会を始めます。今日の議題は、夏休み明けに行われる体育祭についてです』

生徒会長が前に出て、室内を見渡す。

雄大の通う高校では、文化祭や体育祭といった行事にさほど力を入れていない。正直なところ、雄大も一、二年生のときはあまり乗り気ではなかった。

が、今年は違う。

毎年体育祭では一年生から三年生までの同じクラスがチームを作る。一年一組、二年一組、三年一組が一組チーム、二組が二組チームというように、学年の垣根を越えて交流しようというのが狙いだ。

雄大は三組、歩も三組で、同じチームになる。学年混合の競技がほとんどなので、歩と話す機会も必然的に増えるだろう。

生徒会長が体育祭までのスケジュールを話し始めても、歩はまだ現れなかった。蒸し蒸しした生徒会室で、そわそわと落ち着きなく出入り口を見やる。

そのとき、おそるおそるといった感じで生徒会室の扉が開いた。

音を立てないようにそっと引き戸を引いた歩が、皆の視線をいっせいに浴びて、ぱあっと頬を赤らめる。

『……遅れてすみません』

ぺこりと頭を下げ、後ろ手に扉を閉める。

『いや、まだ始まったばかりだから。空いてる席に座って』

そう言って生徒会長が指したのは、雄大の隣の椅子だった。

一瞬困惑したような表情を浮かべ、しかし他に空いている席もないので、歩がおずおずと近づいてくる。

その夏服姿が眩《まぶ》しすぎて、雄大はくらくらした。

ぶかぶかの学生服姿でも充分魅力的だったのに、白い開襟シャツの襟元から覗く細い首筋や鎖骨がなまめかしすぎて……。

『失礼します』

小声で言って、歩が隣のパイプ椅子にそっと腰かける。

礼儀正しい態度に、雄大の中で歩の好感度が更にアップする。

ふわりと漂ってきた石鹸《せっけん》の香り、透き通るような白い肌の横顔――こんなにも接近したのは初めてで、じわりと体温が上昇し、背中が汗ばむ。

生徒会長が話している間、歩は微動だにせず固まっていた。

ひどく緊張した様子で、ときどき思い詰めたように小さく息を吐いている。

隣に座っている大柄な上級生に怯えているのか、それとも自分に対して何か特別な感情を抱いているせいか。

後者であって欲しいと願いつつ、雄大は体育祭のスケジュールそっちのけで歩の気持ちを推し量ろうと観察を続けた。

それまで雄大は、自分が他人にどう思われているか気にしないほうだった。

けれど今は、自分が歩の目にどう映っているのか知りたい。

歩が何を考えているのか、知りたくてたまらない――。

『それでは、今日はまず各組でリーダーを決めてください。別に上級生がやると決まってるわけじゃないので、一年生でも二年生でもいいですよ』

生徒会長のセリフに、思わずといった様子で歩が振り返る。

正面から視線が絡まり合って、雄大の心臓は大きく跳ね上がった。

歩の顔をこんなに間近でまじまじと見たのは初めてだった。

大きな茶色い瞳が困惑したように揺れ、恥ずかしげに下を向いてしまう。

それでも構わず、雄大は歩を凝視した。

最初の委員会で出会って以来、校内で何度か見かけたことがある。けれど一年生と三年生の校舎は離れており、部活が一緒でない限り、間近で顔を合わせる機会はない。

休み時間や放課後、気がつくといつも歩の姿を探していた。

こんなふうに誰かのことを知りたくてたまらない気持ち、姿を見たいと願う気持ち――これが恋というものではないだろうか。

『えーっと……三組チームですよね？』

ふいに割って入った女子生徒の声に、雄大は我に返った。

二年三組のクラス委員が、訝《いぶか》しげな表情でふたりを見下ろしている。雄大はといえば無言で食い入るように歩を見つめ、歩のほうは真っ赤になって俯いており、端《はた》から見たら奇妙な光景だったのだろう。

『……ああ』

『リーダー、どうします？』

女子生徒の問いかけに、雄大は歩の顔を凝視したままゆっくりと口を開いた。

『差し支えなければ、俺にやらせてくれないか』

リーダーになれば、歩と接する機会が増える。下心満々で雄大は立候補した。

『全っ然ＯＫです。すっごく助かります』

女子生徒がほっとしたように笑顔を浮かべ、歩のほうへ視線を向ける。

『はい、あの、僕も、そうしていただけるとありがたいです。よろしくお願いします』

歩が律儀にぺこりと頭を下げ、その可憐な仕草に雄大は完全にノックアウトされた――。


(そこまではよかったんだよな……)

夢から覚めた雄大は、深々とため息をついた。

部屋は薄暗く、枕元の時計に目をやると、五時をまわったところだった。

「……うー……」

ベッドに仰向《あおむ》けに寝転がったまま、両手で顔を覆って唸《うな》り声を上げる。

――こんな夢を見てしまったのは、昨日歩に似た青年を見かけたせいだろう。

実を言うと、雄大の夢にはちょくちょく歩が出てくる。けれどそれは自分に都合のいい内容のファンタジーで、こんなふうに生々しくリアルな内容なのは久しぶりのことだ。

夢の続き……初めて言葉をかわした三回目の委員会以降のことが、嫌でも脳裏に浮かんでくる。

　あのあと雄大は、体育祭の準備を利用して少しずつ歩との距離を縮めていくことに成功した。

　学年の違いのせいか打ち解けたとまでは言えなかったが、出身中学や美術部に入っていること、球技は苦手だが走るのは結構速いことなど、雄大に問われるままにぽつぽつと語ってくれた。

　あの頃の自分は、月二回の委員会がどれほど待ち遠しかったことか。

　歩は雄大に対して上級生に対する礼儀や遠慮を崩さなかったし、雄大のほうも初めての恋に戸惑って、なかなか行動を起こせずにいた。

　映画に誘おうと前売り券まで買ったものの、委員会でしか接点のない下級生をデートに誘ったりしたら気味悪がられるのではないかと思い、迷っているうちにロードショーが終わってしまったこともあった。

　それでも、ことあるごとに歩への好意を態度で示してきた。

　歩のほうも、自分に関心を持ってくれるようになっていたと思う。

　——七月、期末考査が終わると、体育祭の準備が本格的に始まった。

　この時期、クラス委員は多くの雑用に追われる。手芸店へ応援合戦用の衣裳の生地を見に行ったり、百円均一ショップやホームセンターで応援グッズの材料を探したり、等々。

雄大にとって幸運なことに、二年生のクラス委員の女子はバレー部の活動が忙しいとかで、雑用のほとんどを歩とふたりきりでこなすことになった。

電卓片手に、予算内に収まるように品物を選ぶ。その合間に他愛のない雑談をかわし、帰りにファーストフードの店に立ち寄る。

雄大にとってそれは立派なデートで、歩とならどこへ行っても、何を話しても楽しかった。そして話せば話すほど、歩のことがもっと好きになった。

けれど雄大は、委員同士の垣根を不用意に乗り越えないよう、細心の注意を払っていた。というのも、歩は臆病な子鹿のようなところがあり、高一にしてはかなり初《うぶ》で、ちょっと面食らうくらいに擦れていなかったからだ。

強引に迫ったら、きっと怖がられてしまう。

自制心には自信があった。性欲に関しては自己処理で充分満足していたし、他人に対して自分を見失うほど激しい欲望を感じたこともなかった。この年代の男子としては淡泊と言っていいくらいだ。

——そして迎えた体育祭当日、雄大はある決意をしていた。

体育祭が終わってしまえば、三年生は学校行事から引退することになる。クラス委員会への出席も任意となり、実質的には御役ご免だ。

そうなれば歩と会う機会は減るし、繋《つな》がりも薄くなってしまう。

だから、歩に想いを伝える。

男同士なので断られる可能性のほうが高い。けれど雄大は手応えを感じていた。

歩のほうも、自分のことを憎からず思っている。すぐに交際は無理だとしても、まずは友人から始めればいいし、気持ちを伝えておけば恋人候補として考えてくれるようになるかもしれない。

あとから思えばずいぶんと楽観的だが、そんなふうに浮かれてしまうくらい、歩との間はいい雰囲気だったのだ――。

（……ま、大いなる勘違いだったわけだが）

苦々しげに眉根を寄せ、寝返りを打つ。

体育祭は滞りなく進行した。三組チームは総合二位と健闘したし、応援合戦も練習以上にいい出来だったと思う。

何より印象的だったのは、体育祭のハイライトとも言うべき学年混合の男女別リレーだ。

第三走者が歩で、第四走者、アンカーが雄大だった。

三組チームは第一走者、第二走者ともに一位で通過。そのままぶっちぎって優勝かと思われたが、第三走者の歩がバトンを取り損ねて落としてしまった。

ひどく焦った様子でバトンを拾う歩を見て、雄大の闘争心に火がついた。

歩もリレー代表に選ばれるくらいなのでなかなかの駿足だが、バトンを落としたロスで最下位の五位に後退してしまった。なんとかひとり追い抜いて四位で雄大にバトンを託したものの、その表情は今にも泣き出さんばかりだった。

体育祭のリレーくらいでミスを責めるような輩《やから》はいないが、歩は生真面目な性格だから、きっと気に病む。そうさせないために、ここは自分がなんとしても優勝しなくてはならない。

恋の情熱は、雄大に並々ならぬパワーを与えてくれた。あんなにも全身全霊の全速力で走ったのは、後にも先にも初めてだろう。

ひとり抜き、またひとり抜き、ゴール直前に最後のひとりを追い抜いて一位でゴールしたときは、優勝した喜びよりもこれで歩の笑顔を取り戻すことができるという安堵感《あんどかん》に満たされた。

『すげーな、おまえこんなに足速かったっけ』

『あと少しで優勝できそうだったのに、勘弁してくれよー』

他チームのアンカーに祝福されたりどやされたりしていると、歩が駆け寄ってくるのが目の端に映った。

『あの、ありがとうございます……っ』

そう言って雄大を見上げた歩は、鼻の頭が日に焼けてほんのり赤くなっていた。それすらも可愛くて、目を細めて見下ろす。

『何が？』

恩着せがましい態度は取りたくなかったので、雄大はわざとすっとぼけた。

『僕がバトン落としてしまったので……』

『気にするな。結果よければすべて良し』

走り終えたばかりで高揚感が残っていたせいか、思わず手を伸ばして歩の細い肩を摑《つか》む。

初めてのボディタッチに、手のひらがびりびりと痺《しび》れた。

雄大が触れても、歩は嫌がる素振りを見せなかった。

それどころかぱあっと頬《ほお》を赤らめ、恥ずかしそうに睫毛を伏せ……その反応は照れているとしか思えなくて、雄大を更に増長させた。

実際、歩の中で雄大への好感度は大幅にアップしたのだと思う。

その二時間後、自分がすべて台無しにしてしまったわけだが……。

(……やめろ。そこから先は回想するな)

再び寝返りを打って自分に言い聞かせるが、記憶は圧倒的な力で雄大の意識を覆い始める。

体育祭が終わり、いったん各教室に戻って終礼、解散したあと、クラス委員は後片付けのために校庭に集まった。

そこから手分けして用具類の片付けやごみ拾いをする。クラス委員だけではなく運動部の一、二年生も駆り出されていたので、歩とふたりきりになるどころか見失う始末だった。

諦《あきら》めて大型テントをたたむのを手伝っていると、委員会顧問の教師に声をかけられた。

『渡辺、悪いけど頼まれてくれるか。生徒会の連中が見当たらなくて』

『はい、なんでしょう?』

『この箱を生徒会室に運んで欲しいんだ。ここに置いとくと体育準備室の備品と間違われて持って行かれちまう。前にごっちゃになって、紛失騒ぎになって大変だった』

そうぼやきながら、教師がハンドマイクや延長コード、拡声器などが入ったダンボール箱を差し出す。

『了解です』

『適当に置いといてくれればいいから。これ、生徒会室の鍵。終わったら俺んとこに戻してくれ』

『はい』

ダンボール箱と鍵を受け取り、雄大は生徒会室へ向かった。

生徒会室のある北校舎は、しんと静まり返っていた。校庭とは中庭と南校舎を挟んで離れており、後片付けの喧噪もここまでは届いてこない。

今日が体育祭だったとは思えないような不思議な気分で、雄大は無人の廊下を歩いた。

頭の中は、このあとどうやって歩とふたりきりになるかという算段でいっぱいだった。

自分も歩も携帯電話を持っていない。家の電話番号は教えてもらっているので、いったん帰宅してから出直すか……。

生徒会室の鍵を開け、ダンボール箱を備品用のロッカーにしまう。

ブラインドが下りたままの薄暗い室内を、雄大はぐるりと見渡した。

今日でクラス委員の役目もほぼ終了、これから数ヶ月、三年生は受験勉強漬けになる。

雄大の第一志望は東京にある国立大学だ。第二志望の大学も県外にあるので、歩とうまくいったとしても遠距離恋愛になる。

(でもまあ夏休みとか春休みとかにはこっち帰ってくるし、電話でも話せるし。歩も東京の学校に進学すれば、一緒に住んだりとか……)

歩とつき合うことになった場合のあれこれをシミュレーションし、顔がにやけてしまう。

おめでたいことに、そのときの雄大は「交際を断られる」あるいは「拒絶される」という可能性について、まったく考えていなかった。

浮かれた気分で生徒会室の片隅にあるシンクで手を洗い、ついでに顔も洗う。

体操服のシャツの裾を引っ張り上げて顔を拭《ふ》いていると、ふいに扉が開く音がした。

『……あ……』

驚いたように声を上げたのは、歩だった。手にはプラスチック製のかごを持っている。

『…………ああ、お疲れさん』

不意打ちだったせいで、気の利いた言葉が出てこなかった。

思いがけずふたりきりになれたことに、心臓がどくどくと早鐘を打ち始める。

白地に紺色の縁取りの入った半袖のシャツ、紺色のハーフパンツというなんの変哲もない学校指定の体操服も、歩がまとっているとこの上なく清楚かつエロティックで……。

『お疲れさまです……あの、これ、先生に片付けるように頼まれて』

ぎこちない笑顔を浮かべて、歩がかごを掲げて見せる。中身はビニール紐や粘着テープ、筆記具などの文房具類だ。

『ああ、俺も先生に頼まれて、マイクとか拡声器とかしまいに来た』

『これ……この辺に置いといていいでしょうか』

『ああ、いつもその辺に置いてあったと思う』

何げない会話をかわしながら、雄大は歩がいつもより緊張していることを感じ取った。

ふたりきりになるのは珍しいことではない。これまでにも体育祭の準備でよく一緒に行動していた。

けれどこんなふうにひとけのない場所でふたりきりになるのは初めてで、歩はそれを強く意識している。

これはいい兆候だ。なんとも思ってない男とふたりきりになっても、こんなふうに緊張したりしないだろう。

告白するなら今だ。

このチャンスを逃してはならない。

意気込んで言葉を発しようとしたそのとき、恥ずかしそうに睫毛を伏せた歩が遠慮がちに切り出した。

『……あの、リレーのこと、ほんとありがとうございます』

『え？　ああ……』

『僕はどうも本番に弱くて……実は中学のときも、同じ失敗やらかしたんです』

告白するタイミングは逸してしまったが、歩が自分のことを話してくれるのが嬉《うれ》しくて、雄大は歩を凝視しながら言葉の続きを待った。

『そのときは僕のせいで最下位になってしまって。みんな口には出さなかったし、自意識過剰だったのかもしれないけど、みんなの視線が僕を責めているように感じて……』

歩がそういったことを気にする質《たち》だというのは、普段の言動からも伝わってくる。

良く言えば繊細、悪く言えば神経質といったところか。

気持ちを落ち着かせるようにすうっと息を吸って、雄大は告白モードから通常モードへの切り替えを試みた。

『俺は子供の頃から野球やってて、たくさんミスもしてきた。迷惑かけたなってへこんだりもするけど、案外みんな覚えてないもんだよ。俺もチームメイトのミスなんかいちいち覚えてないし』

『……そういうものですか？』

『ああ。そういうもんだ。今日の勝利だって、来週になればみんな忘れてる』

歩の唇がほんのりと開き、柔らかな笑みの形に変わってゆく。

薄桃色の可憐な花がほころぶようなその動きに、雄大は声もなく見入った。

うっすら日に焼けたなめらかな肌、体操服の襟元から覗く細い首筋と鎖骨……見てはいけないと思いつつ、薄くて平らな胸に視線を這《は》わせてしまう。

『……っ！』

シャツの白い生地に、小さな突起が控えめに浮かんでいることに気づく。

妄想の中で何度も弄《いじ》りまわしてむしゃぶりついた、まだ見ぬ乳首だ。

『そう考えると、なんかすごく気が楽になりますね』

自分がどんな目で見られているのかも知らずに、歩が雄大を見上げて微笑《ほほえ》む。

紅茶色の大きな瞳に見つめられ、雄大は腹の奥底から熱いうねりが突き上げてくるのを感じた。

これまで一度も感じたことのない、抗《あらが》いがたい欲望が全身を支配する。

『ひゃ……っ！』

歩が驚いたように声を上げる。

その悲鳴に、雄大は自分が歩の細い体を抱き締めていることに気づいた。

だめだ、まずは告白をしてからだ。いきなり抱きついたりしたら、歩を怯えさせてしまう。

そう思うのに、密着した体の熱があまりに心地よくて、放すことができなかった。

『わ、渡辺さん、あの……放してください……』

雄大の胸に頬を寄せながら、歩が遠慮がちに切り出す。

この期《ご》に及んでまだ先輩に対する礼儀を崩さないところを見ると、自分が何をされているのか、これから何をされようとしているのか、よくわかっていないのだろう。

『……あの、もう戻らないと』

息を荒げながら肩口に顔を埋《うず》める雄大に、さすがの歩も危機感を覚えたらしい。雄大の腕から逃れようと、小さくもがき始める。

ここで歩を逃してはならない。今こそ想いを告げなくては、こんなチャンスは二度とないかもしれない。

わずかに残った理性に諭されて、雄大はいったん抱擁の手を緩めた。

頭ひとつ分小柄な歩が、雄大の顔を見上げる。

紅茶色の瞳が潤み、肌は上気して耳たぶまで真っ赤になっていた。

あのときの歩の表情を思い出すと、今も体の芯が燃えるように熱くなる。

恋する男の目には、可愛い唇は誘っているようにしか見えなくて――。

『……んん……っ！』

覚えているのは、歩のくぐもった声と、唇の柔らかな感触。

ファーストキスは、目も眩《くら》むような甘美な体験だった。

技術も何もあったものではない。ただ夢中で唇を合わせ、本能に突き動かされるままに舌を突っ込み、熱くとろけるような粘膜を舐《な》めまわし、逃げ惑う舌に自身の舌をねっとりと絡ませ……。

初めてのキスに舞い上がる童貞は、手加減というものを知らなかった。

歩の細い手首を摑んで背後のロッカーに押さえつけ、執拗《しつよう》に唇を貪《むさぼ》り……。

「――っ！」

ふいに鳴り出した目覚まし時計に、現実に連れ戻される。

がばっと起き上がり、雄大は目覚ましのスイッチを切った。

（うわ……）

ベッドの上に膝《ひざ》を立てて座り、ため息をつく。

甘くて苦い初恋の思い出に、股間の一物がはしたなく反応していた。パジャマのズボンを隆々と突き上げる己の分身を、苦々しい思いで見下ろす。

――歩に片想いしている間、雄大は毎晩のように歩をオナペットにしていた。

好きな相手を想像しながらの自慰は、健康な若い男なら誰しも経験のあることだろう。多少の後ろめたさはあったものの、罪悪感を抱いたことはなかった。

けれどあのキスの一件以来、それはひどく罪悪感を伴う行為になってしまった。

事後に自己嫌悪に陥るのがわかっているので、極力避けようと努力しているのだが……。

（……最低だな。あれから八年経《た》つのに、いまだにあのときのことを思い出すと興奮しちまう）

下着ごとパジャマのズボンを脱ぎ捨てて、腹につくほど反り返った長大な勃起を握り、上下にしごく。

頭の中にいつもの妄想が広がり、雄大は目を閉じて眉根を寄せた。

嫌がる歩を押し倒し、無理やりキスして服を引き剝《は》がす。

『やめて……っ』

頬を紅潮させ、瞳を潤ませて泣きじゃくる歩に、心の奥底に潜む嗜虐心がむくむくと頭をもたげる。

『……あ……っ』

歩の表情が、雄大の執拗な愛撫に甘くとろけてゆく。

そして自ら下着を下ろし、脚を広げて雄大を誘うのだ。

『入れて……』

「……歩、歩……！」

歩の秘部に己の屹立を深々と突き入れるところを想像し、性器をしごく手が速くなる。

『ああっ、雄大さんの、気持ちいい……っ』

妄想の中で、歩が快感に乱れて淫《みだ》らな言葉を口にする。

「歩……、う、う……っ」

低く呻《うめ》き、雄大は射精した。

どろりとした濃厚な精液が手を濡《ぬ》らす。荒い息を吐きながらベッドに仰向けに倒れ、しばし快感の余韻に身を委《ゆだ》ねる。

(俺はほんと最低だ……)

大きなため息をつき、雄大は立ち上がってバスルームへと向かった。

3

毎年ゴールデンウィークには、県内外から多くの観光客が花丘市にやってくる。

特に花丘城界隈は各種イベントで賑わい、裁判所から県庁にかけてのカルチャーゾーンもカメラを手にした若者の姿が目立つようになる。

しかしそんな喧噪も、四つ葉ビルヂングの四階にまでは届いてこない。近々裁判を控えている雄大はカレンダー通り出勤し、更には休日出勤もこなし、ランチを食べに行った地下のイタリアンバールでようやく普段の客層と違って観光客が多いことに気づいたくらいだ。

――ゴールデンウィーク明けの水曜日。

四つ葉ビルヂングの裏にある駐輪スペースに自転車を停《と》めて、雄大は往来に目を向けた。

いつのまにかハナミズキの花が終わり、街路樹の緑が青々と生い茂っている。通りを渡る風は暖かく湿り気を帯び、その匂いは初夏の到来を予感させた。

「よお」

道の向こうの契約駐車場から、難波が手を振りながら歩いてくる。

「おはようございます」

「なんか日焼けしてね？　最後の連休、どっか行ってたのか？」

難波の指摘に、雄大は苦笑した。

「庭の草抜きしてました。あとは食料品の買い出し行ったくらいで」

「ああ……おまえんち、庭があるもんな。手入れ大変だろ」

「ええ、ちょっと目を離すと雑草がすごいことになるんですよ。庭木の剪定は、大家さんが年に一回業者をよこしてくれるんですけど……」

四つ葉法律事務所に就職してからずっと、雄大は市内にある一軒家を借りて住んでいる。

雄大が東京の大学に進学したあと、両親は転勤で福岡へ引っ越していった。両親ともにもともと九州出身なので、定年後は福岡かその近辺に家を建てて住むつもりらしい。

それまで住んでいた花丘の家は売ってしまったので、こちらに戻ってからまず賃貸物件を探すことにした。ちょうど長崎に住む従弟《いとこ》が花丘の大学に進学することになり、ルームシェアしようということになって、一軒家を借りることにしたのだ。

その従弟もこの春大学を卒業し、就職で大阪へと旅立っていった。

そんなわけで、雄大は大学時代以来の久々のひとり暮らしを満喫している。

「従弟がいなくなって、寂しいんじゃないか？」

「まさか。すっきりしましたよ」

「ま、男同士で住んでるとますます縁遠くなりそうだしな。おまえもこれからは堂々と女連れ込めるわけだ」

「難波さんと一緒にしないでください」

軽口を叩きながら、肩を並べて通用口からビルに入る。エレベーターホールを横切りながら、雄大は気になっていることをさりげなく切り出した。

「そういえば三階のデザイン事務所、引っ越し終わったんですかね」

「ああ、俺昨日ここで仕事してたんだけど、引っ越しのトラックが来てた」

「そうですか……」

ということは、あの青年と近々顔を合わせることができるかもしれない。

その前に、彼が本当にデザイン事務所に勤務しているかどうか不明だが。

(あれこれ考えても仕方ない。四つ葉会の歓迎会に行けばすべてわかることだ)

平常心を取り戻そうと大きく息をついて、雄大は階段を見上げた。


その日の午後、四つ葉会の会長からさっそく歓迎会開催のお知らせメールが届いた。

会長は二階にある藤原《ふじわら》歯科クリニックの歯科医師、通称〝若先生〟の藤原一彦《かずひこ》だ。

藤原歯科クリニックは三代続く歯科医院で、現在は一彦の父親が院長を務めている。三代目の一彦は良くも悪くもお坊ちゃん気質でお祭り好きのミーハー男だが、歯科医師としての評判はすこぶるいい。

雄大も、一年ほど前に若先生に親知らずを抜いてもらった。学生時代にも東京の歯科医院で一本抜いたのだが、痛みは激しいわ数日間腫《は》れるわで散々だった。しかし一彦の手際は素人《しろうと》目にもスムーズで、あとあと痛むこともなく腫れもすぐに引いた。

以来、雄大は若先生に一目置いている。ときに軽薄に見える言動も、患者の緊張をやわらげるためには必要なことなのかもしれない。

メールによると、引っ越してきたのは87《ハチナナ》デザインオフィス。会社名をコピーし、インターネットの検索エンジンを開いて貼り付ける。

ホームページはすぐに見つかった。シンプルながら洒落たレイアウトで、会社の概要や業務内容が書かれている。

(社員の紹介はなしか……ま、たいていはそうだよな)

ブラウザを閉じて、雄大はマウスに手を置いたまましばし物思いに耽《ふけ》った。

意識はどうしても、歩に無理やりキスしてしまったあの日へと引き寄せられてしまう。

——強引なキスに、歩は怯えたようにもがいて抵抗した。

歩が顔を背けた拍子に唇が離れ、そのとき雄大は歩の大きな瞳が涙で濡れていることに気づいた。

『……う……っ』

顔を真っ赤にした歩が、ぽろぽろと涙を零《こぼ》しながらしゃくり上げる。

自制心を失った雄大は、その泣き顔にさえ興奮をかき立てられた。ここでやめないと嫌われてしまうとわかっていたはずなのに、やめられなかった。

それどころか、鼻息荒く体操服のシャツの裾を捲り上げ、平らでなめらかな胸板に手を這わせ……。

（…………俺は最低な男だ）

デスクに肘をついて、両手で顔を覆う。

武骨な指は、今も弾力のある小さな肉粒の感触を覚えている。

死ぬほど後悔しているというのに、歩の薄い胸板と凝《しこ》った乳首の手触りを何度リピートしたことか。

胸を触った途端、歩の抵抗はいっそう激しくなった。

それも当然だ。あのときの自分は文武両道の優等生でもなく模範的なクラス委員でもなく、ただの発情した牡《おす》の獣だった。歩から見れば、痴漢とさほど違いはなかっただろう。

しかし当時は歩の気持ちを考慮する余裕などなく、欲望のままに突き進んでしまった。

（触るだけでやめておけば、まだ救いがあったかもしれない……）

顔を覆っていた手で前髪をかき上げ、そのままぐしゃぐしゃとかきまわす。

ここから先は、思い出すたびに絶叫しそうになる。

触っただけで満足しておけばいいのに、自分は欲を出してしまった。

このこりこりした肉粒は、どんな色をしているのだろう。舌で愛撫したら、どんな反応を見せるのだろう……。

気がついたときには歩を床に押し倒して覆い被《かぶ》さり、乱暴な手つきで歩のシャツを喉元までたくし上げていた。

あれを目にしたときの感動は、ひと言では言い表せない。

歩の乳首は、つややかな薄桃色だった。柄にもなく、白い絹に桜の花が描かれているようだ、などと思ってしまった。

清楚で可憐な花を思わせるそれは、怯えたようにきゅっと縮こまってふるふると震えていた。

けれど恋慕と欲情に取りつかれた獣の目には、愛撫を誘っているようにしか見えなくて……。

『ひああ……っ！』

夢中で乳首にむしゃぶりついた途端、歩が悲壮な声を上げた。

『い、いや……っ、やめてくださ……あ、ああっ！』

——歩の悲鳴が耳によみがえり、思わず両手で耳を塞ぐ。

あのとき歩が渾身の力で雄大を突き飛ばして逃げなかったら、と思うと背筋が凍りつく。さすがに強姦まではしなかっただろうが、それに近いことはやらかしたはずだ。

(……俺はひどいことをしてしまった)

罪悪感の苦い味が口の中に広がる。

世の中にはませた十五歳もいるが、歩はまだ性に目覚めていないような、初で純真な少年だった。委員会で知り合っただけのさほど親しくもない上級生に、告白の言葉もなしにいきなり抱きつかれてキスされて押し倒されたりしたら、恐怖しか感じないだろう。

その晩、雄大は歩の家に電話した。

しかし応対に出た母親に「風邪気味で寝ています」と言われ、取り次いでもらえなかった。

思い切って翌朝歩の住むマンションの前で待ち伏せしたのだが、話しかけようとした途端、歩は真っ赤になって走って逃げてしまった。

教室を訪ねていっても結果は同じだった。

あまりしつこくつきまとってはストーカーになってしまう。電話や待ち伏せはやめて、雄大は歩に手紙を書くことにした。

——先日はあのようなことをして申し訳ない。先にきちんと気持ちを伝えるべきだった。きみのことが好きだ。だからもう一度チャンスをくれないか。

だいたいそんな内容だったと思う。祖父母以外に手紙を書くなど初めてで、四苦八苦して書き上げたことを覚えている。

郵送しようかと思ったが、同じ高校の上級生から手紙が届いたりしたら、歩の親が怪訝に思うだろう。手渡しも嫌がられそうだったので、古典的に下駄箱に入れておくことにした。

一週間経っても返事は来なかった。

それでも雄大は辛抱強く待った。

なんと返事をするか、悩んでいるのかもしれない。悩んでいるということは、いい返事がもらえる可能性もあるのだ。

二週間後、痺れを切らした雄大は、もう一度手紙を書いて下駄箱に入れた。

今日こそ返事が届いているのではないかと期待して下駄箱を開け、失望する。

一ヶ月経ち、二ヶ月経ち……校庭の銀杏《いちょう》並木が色づき、木枯らしが吹く頃になって、ようやく雄大は歩が自分の気持ちに応える気はないのだと気づいた。

——失恋。その二文字は、十八歳の雄大に重くのしかかった。

何もかも自業自得だ。

告白もしないうちに可愛い唇を貪り、清楚な乳首を撫でまわしてむしゃぶりつくなど、許されることではなかったのだ——。

それでも心のどこかで、卒業式に歩が駆け寄ってくることを期待していた。いよいよ別れの日になって雄大と離れたくないと思っていることに気づいたとか、あるいは受験生である雄大に遠慮して本当の気持ちを打ち明けられなかった、とか。

けれど現実にはそのようなお花畑な展開はあるはずもなく、それどころか式の当日歩は欠席していた。

きっと自分に会いたくなかったのだろう。

それほどまでに嫌われているのだと知って、さすがの雄大ももう一度手紙を書こうという気をなくしてしまった。

「渡辺くん、今ちょっといいかな」

ふいに頭上から降ってきた声にはっとする。

声をかけてきたのは上司の三宅だった。いつもなら部屋に入ってきた時点で気づきそうなものなのに、ぼんやりと物思いに耽っていて気づかなかった。

「あ、はい。大丈夫です」

「少し時間が空いたから、来週の裁判の打ち合わせをしておきたいんだが」

言いながら、三宅が会議室のほうを手で示す。

「はい」

頭を仕事モードに切り替えて、雄大はキャビネットからファイルを取り出した。

4

――一週間後の水曜日。

四つ葉会の歓迎会は、いつものようにビルの地下にあるイタリアンバール『Fortuna《フォルトゥーナ》』で行われた。

ビルの横手に地下まで掘り下げた空間があり、階段を下りるとちょっとした箱庭になっている。店内からガラス張りの壁を通して箱庭を眺めることができ、地下ながら開放感があって、雄大はこの店の造りが気に入っていた。

中へ入るとまず目を引くのが、カウンターの向こうにある大きな石焼き窯《がま》だ。

花丘で美味《おい》しいピッツァが食べられる店を尋ねると、まず真っ先にフォルトゥーナの名前が挙がる。本場イタリアで修業したオーナーは厳しい審査をクリアして〝真のナポリピッツァ〟の認定を受けており、生地からすべて手作りのピッツァは一度食べると忘れられない。

昼はピッツァとパスタがメインだが、夜は地元の新鮮な野菜と魚介類をたっぷり使った料理が並ぶ。季節によっては猪《いのしし》や鹿などの狩猟肉を使ったジビエ料理も登場し、雄大はこの店で初めて雉《きじ》の赤ワイン煮込みを食べて感動した。

「いらっしゃいませ。歓迎会は奥のお部屋です。どうぞ」

すっかり顔馴染みになったウェイターが、雄大と難波、守屋をにこやかに出迎え、案内してくれる。

期待に胸を高鳴らせながら、雄大は守屋と難波のあとに続いた。

あれから歩に似た青年とは一度も顔を合わせていない。デザインオフィスの社長だという五十歳前後の洒落た服装の男性が挨拶に来たが、社員は歓迎会で紹介しますとのことだった。

奥の部屋といっても完全に独立した部屋ではない。一応別室になっているが、漆喰《しっくい》の壁をくりぬいたようなアーチ型の入口には扉がなく、洞穴《ほらあな》といったほうがしっくり来る。

「ああ、どうもー。あれ？　三宅先生と平松先生は？」

先頭の守屋が中に入ると、入口近くの席に座っていた若先生が立ち上がって出迎えてくれた。

「まだちょっと仕事が残ってるので遅れて来ます」

三宅と平松のアシスタントは、今夜は欠席だ。それぞれ子供がいるので、飲み会には滅多に顔を出さない。

「そうなんだー。うちも親父があとから来るし、三階の編集長も遅れるって言ってたから、先に始めちゃおっか。空いてる席に適当に座って。あっ、同じ職場で固まらないようにね」

若先生が身振り手振りを加えてまくし立てる。

『背も高いしなかなかのイケメンなんだけど、しゃべるとちょっと残念な感じ』。それが守屋による若先生評だが、雄大もそれには同感だ。

ウォールランプのほのかな明かりに照らされた室内を、さりげなさを装いつつぐるりと見渡す。

ほとんどが顔馴染みなので、室内はおしゃべりの声で賑やかにざわめいていた。

(――いた)

歩に似た青年は、歯科クリニックの事務局長と出版社の編集者に挟まれて、隅っこのテーブルに座っていた。

ちょうど暗がりになっていて顔がよく見えない。

青年がちらりと顔を上げ、一瞬視線が絡み合う。

目が合った途端、彼は慌てたように視線をそらして俯いた。

――間違いない。歩だ。

顔ははっきり確認できなかったが、そのはにかんだような仕草で雄大は確信した。

体温が上昇し、心臓が早鐘を打つ。地黒だし室内は薄暗いので目立たないだろうが、きっと顔が赤くなっている。

この一週間、雄大はずっと歩のことを考えていた。

あの青年が本当に歩だとしたら、なんと声をかけよう。「もしかして花丘東高にいた？」と軽く切り出すか、それとも「あのときは悪かった。ずっと謝りたかった」と直球を投げるか。またはまったく気づかないふりをして、初対面を装うか。

いろいろ考えた結果、歩の出方を見てから決めることにした。

歩が自分のことを忘れているとしたら、それはそれで仕方ない。

考えてみたら、歩が自分のことを覚えていない可能性も大いにあるのだ。

同級生でもなく、同じ部に入っていたわけでもない。ほんの短い間クラス委員の活動で一緒になっただけの相手を覚えているほうが珍しいだろう。

渡辺も雄大もよくある名前だし、あの頃からずいぶんと印象も変わった。

身長も少し伸び、ボート部で鍛えたおかげて更に逞《たくま》しくなった。高校時代はずっとスポーツ刈りだったので、同級生に髪型が変わっただけで別人のようだと言われたこともある。

つらつらと考えながら、歩のいるテーブルに近づく。あいにく空席がなかったので、通路を挟んだ向かいから観察できる位置に座ることにする。

「ここ、いいですか」

「どうぞ……」

一階のフラワーショップの店長が、ぼそりと答える。

向かいは去年から藤原歯科で働き始めた歯科衛生士だ。それに雄大を加えた四つ葉会きっての無口三人衆に囲まれ、斜め向かいの席の女性美容師が困ったように視線をさまよわせる。

しかし今は彼女に気を遣う余裕もなかった。意識はすべて、歩に集中している。

両隣の女性から質問攻めに遭っているらしく、歩は控えめな笑みを浮かべて頷いたり首を横に振ったりしていた。スーツ着用が定められているわけではないようで、今日も青いボタンダウンのシャツに白いコットンセーターというカジュアルな装いだ。

（相変わらず綺麗だ……）

歩を凝視し、雄大は密《ひそ》かにため息をついた。

あの頃も可愛いというよりも綺麗な少年だったが、大人になってますます美しさに磨きがかかっている。

先日目にした後ろ姿から推察するに、だいぶ背が伸びたようだ。高一の頃は背が低いことを気にしていたが、多分目標の百七十センチを超えたのではないだろうか。

恥ずかしそうに伏せた長い睫毛、優美な頰のライン、ほっそりとした顎《あご》……やがて視線は唇へと吸い寄せられていく。

あのファーストキスを、自分は生涯忘れないだろう。

後にも先にも、あんなに燃え上がり、思い出すたびに心と体が切なく疼《うず》くようなキスはなかった——。

「渡辺さん、ビールでいいですか？」

フラワーショップの店長に訊《き》かれ、はっと我に返る。

「はい、ビールで」

グラスにビールを注《つ》いでもらい、雄大も注ぎ返す。歯科衛生士と美容師はオレンジジュースだ。

四つ葉会では、最初の乾杯はビールかジュースと決まっている。車で通勤している者も多いので、飲酒を無理強いすることもない。飲みたい人は飲み、しゃべりたい人は好きにしゃべる。長年上下関係に厳しい体育会に身を置いてきた雄大には、この緩い雰囲気は新鮮で心地よかった。

歩のほうを窺うと、意外にもビールのグラスを手にしていた。

(……そうか。そうだよな。大人になったんだもんな)

時の流れを実感し、しみじみしてしまう。

あれから八年。自分の知らない歩の八年間を思うと、心臓がきりきりと痛み始める。

恋をしたのだろうか。恋人はいたのだろうか。そして今、誰か大切に想っている人がいるのだろうか……。

「それじゃ、そろそろ始めましょうか」

若先生の掛け声に、一同がビールもしくはオレンジジュースの入ったグラスを手にする。

「えー、四つ葉会会長の藤原一彦です。このたび我らが四つ葉会に新しいメンバーが加わりました。87デザインオフィスさんです。ご紹介は後ほどゆっくり、まずは乾杯しましょう！」

「かんぱーい！」

グラスを掲げ、雄大も同じテーブルのメンバーと軽くグラスを触れ合わせた。

その間も、視線は常に歩を追ってしまう。

あまり凝視してはまずい。もし歩が自分のことに気づいているとしたら、ますます警戒させてしまう。気づいていないとしたら、知らない男にじろじろ見られるのは気持ち悪いだろう。

悶々《もんもん》としながら、雄大は社員の紹介を待った。

まず社長が挨拶と自己紹介をする。東京のデザイン事務所に勤務していた際、倉咲市で行われた芸術祭に関わったことがきっかけでUターンを決めたこと。最初は倉咲に事務所を構えたが、花丘での仕事が増えたので引っ越すことにしたこと。

社員は四人、年長の順に短い挨拶と自己紹介をしてゆく。

雄大は気もそぞろで、三人の社員の自己紹介をほとんど聞いていなかった。

もうすぐ歩が挨拶をする。八年ぶりにその声を聞くことができるのだ。

緊張のあまり、手のひらに汗がにじんできた。冷たいビールをぐいと飲み干し、額の汗をハンカチで拭《ぬぐ》う。

「注ぎましょうか」

美容師がビールの瓶を持ち上げたので、雄大は「いただきます」とグラスを差し出した。

三人目の社員が自己紹介を終えて座り、最後に歩がおずおずと立ち上がる。相変わらず人前で話すのは苦手らしく、しきりに両手を握り合わせながら視線を泳がせていた。

「デザイナーの小谷《こたに》歩です」

挨拶の第一声に、雄大は頭を殴られたような衝撃を受けた。

——名字が変わっている。まさか、結婚したのだろうか。

「去年就職したばかりで、まだ半人前ですが。主に広告やパンフレットのレイアウトを担当しています」

凜《りん》とした涼やかな声も変わっていない。

耳に心地いいその声を堪能したいのに、名字が変わったことに動揺してそれどころではなかった。

「ええと……僕は花丘市出身で、高校までこっちにいました。どうぞよろしくお願いします」

短い挨拶を終えて、歩がぺこりと頭を下げる。

拍手、そして若先生が再び立ち上がり、ちょうど料理を運んできたフォルトゥーナのオーナーを捕まえて紹介する。

「仕事中だから今日は参加できないけど、こちらがフォルトゥーナのオーナーの大森重昭《おおもりしげあき》さん。とにかくピッツァが絶品で、まじおすすめ。あと、そちらにいる一階のカフェのオーナーは大森さんの弟さんです。コーヒーも美味しいけど、マスター手作りのブラウニーがほんっと美味しいのでおすすめ」

若先生が目を見開いて力説する姿に、皆がどっと笑う。緊張した面持ちだった歩も、リラックスしたように笑みを浮かべた。

「せっかくだから、みんなも軽く自己紹介しよっか。食べながらでいいからさ」

「賛成ー」

若先生の提案で席順に自己紹介が始まり、まだ歩への接し方を決めかねていた雄大は焦った。

（いや、落ち着け。歩本人に話しかけるわけじゃないんだから）

視線を歩に釘付けにしたまま、運ばれてきた前菜の盛り合わせに手を伸ばす。

「難波です。四階の法律事務所に勤めてます。四つ葉会のテニスサークル部長です。月に一、二回鳥居川のテニスコートでぼちぼちやってますんで、興味のあるかたはぜひ参加してください。初心者大歓迎です。私が手取り足取りご指導します」

難波の自己紹介に、８７デザインオフィスの女性社員の目が輝く。

歩も頬を染めてうっとりと見つめている……ように見える。顔が赤いのはビールのせいかもしれないが、雄大は気が気でなかった。

難波は爽やかなイケメンだし優しそうだし、実際女性の扱いが上手《うま》い。自分がもし難波のような優男《やさおとこ》だったら歩も好きになってくれたのでは……などと考えて、どんよりと気持ちが沈む。

「一階のフラワーショップの店長の丹原《たんばら》です」

順番がまわってきて、雄大の隣の丹原が立ち上がってぺこっと頭を下げる。

「僕はあんまり社交的とは言い難い性格なんですが……四つ葉会の集まりは好きです。どうぞよろしくお願いいたします」

丹原は日本人形を思わせるなかなかの美青年だが、その素性は謎に包まれている。

二年前、二十五歳の若さで四つ葉ビルヂングに店を出した。その前は東京の生花店で働いていたらしいが、それ以上のことは誰も知らない。

以前守屋が酒の席で「ミステリアスな美青年ってだけでご飯三杯はいける」などと言っていたが、雄大は丹原が少々苦手だった。

決して不愉快なタイプではない。上品で物静かで、礼儀正しい人物だ。けれど常に高いバリケードを張り巡らせて、他人を拒絶しているようなところがある。

「えっと、藤原歯科の歯科衛生士の重実《しげざね》です。去年就職したばかりの新米です」

向かいの席の重実が、立ち上がって自己紹介を始める。

いよいよ自分の番が近づいてきて、雄大は柄にもなく緊張してきた。

私生活では無口なほうだが、弁護士という仕事柄、人前で話すことはまったく苦にならない。法廷でもほとんど緊張したことがないというのに、歩の前で自己紹介をすると思うと心臓がばくばくして全身の毛穴から冷や汗が噴き出してきた。

「次、渡辺さんですよ」

斜め向かいの美容師に小声で促され、はっとする。いつのまにか重実の自己紹介が終わっており、皆の視線が雄大に集まっていた。

「……四つ葉法律事務所の渡辺です」

歩に視線を向けると、歩は俯いていた。

というか、目の前の皿の料理を取ろうかどうしようか悩んでいるように見える。

いかにも無関心なその態度に、雄大はひどくダメージを受けた。

(いや、落ち込む必要はない。俺だと気づいて嫌な顔をされるよりもよっぽどいいじゃないか)

そう言い聞かせ、気持ちを奮い立たせる。

「えー……自転車で通勤してます。先輩の難波さんには、これ以上日に焼けたら怖いからやめろと言われてますが」

どっと笑い声が起こり、少し緊張がとける。

「四つ葉会ではアウトドア部門の世話役にまわることが多いです。今年もバーベキュー大会を企画しますので、ぜひご参加ください」

当たり障りのない内容でまとめ、拍手を受けながら一礼して着席する。

我ながら上出来だ。歩の反応が気になり、真っ先に視線を向ける。

歩は隣の女性と話し込んでいた。いや、彼女の話に一心に耳を傾けていると言うべきか。

この無関心ぶりは、まず間違いなく自分の正体に気づいていないということだろう。

ほっとしたような、がっかりしたような、なんとも言い難い気分だった。

（もし俺だと気づいていないとして、もう一度最初からやり直すにしても、果たして俺に関心を持ってもらえるのだろうか）

考えてみたら、自分は歩の性的指向も知らない。高校時代、いい雰囲気になって脈があると感じていたが、それは自分の勘違いだった。

自分は歩が好きなので多分ゲイなのだろう。正確にはバイセクシャルかもしれないが、好きなのは歩だけだ。

歩はどうなのだろう。名字が変わったのは結婚したからなのか、それとも他に理由があるのか。

（今二十三か四だよな。それくらいの歳で結婚する人もいるけど……）

ビールを呷《あお》りながら、それとなく歩を観察する。

高校生の頃、歩は女性が苦手な様子だった。委員会で女子生徒に話しかけられると、おどおどしていたように思う。

（いや、あれは単に内気な性格だったからか？　俺に対しても最初は身構えてたようなところあったし）

悶々としながら、雄大は歩の様子を見守った。

両隣の女性から質問攻めに遭っているらしく、歩は困ったような表情で視線を泳がせている。

歩を質問攻めにしているふたり——歯科クリニックの事務局長で若先生の姉でもある藤原芙美《ふみ》と、出版社の編集者の坪井美幸《つぼいみゆき》は、法律事務所の守屋と仲がいい。アラフォー独身という共通点以外にも馬が合うらしく、よく三人でつるんでいる。

あのふたりが聞き出した情報は、守屋経由ですぐに伝わってくるだろう。何か行動を起こすにしても、まずは歩が既婚者かどうかを確認してからだ。

（だけど……歩に子供がいたりしたら、俺ショックで立ち直れないかも……）

あれこれ考えて気持ちが沈み、雄大はグラスに残ったビールを飲み干した。

急に空腹を感じて、目の前の料理を皿に取り分ける。

どうも自分は、腹が減っていると悲観的になる傾向がある。蛸《たこ》のガスパッチョとトマトのブルスケッタ、バジルのラザニアを口にして、ようやく気持ちが落ち着いてきた。

まだ歩が既婚者だと決まったわけではない。親の離婚や養子縁組など、名字が変わる理由は他にもある。

料理をがつがつ平らげながら、雄大は歩の姿をちらちらと目で追った。

◇◇◇

「同じビルのテナント同士で親睦会って珍しいですよね」

「ああ。最初聞いたときはびっくりしたけど、でもなんかいい雰囲気でよかった」

「ほんとに。料理もすごく美味しかったし。あ、今度みんなでランチ行きましょうよ」

——歓迎会がお開きになった午後十時。87デザインオフィスの社員が談笑しながら通りを歩く。

ふたりの先輩社員の少し後ろを歩きながら、小谷歩は夢の中を漂っているような不思議な感覚を味わっていた。

夜風が頰を撫でてゆく。酔いのまわった体に、ひんやりした空気が心地いい。

「小谷くん、路面電車だっけ？」

大通りに出ると、先輩のひとりが振り返って尋ねた。

「ええ。こっちです」

「お疲れさま、また明日」

「はい、失礼します」

バス組のふたりに軽く頭を下げ、横断歩道を渡って道路の真ん中にある路面電車の乗り場へ向かう。

駅前の繁華街はもう少し遅くまで賑わっているが、四つ葉ビルヂングのある城下界隈は夜が早い。ほとんどの店はシャッターが下り、行き交う車もまばらだ。

電車乗り場には誰もいなかった。ピアノ教室の広告が書かれたベンチに座り、小さく息を吐く。

──まだ心臓がどきどきしている。

頬に手を当てると、自分でも驚くほど火照《ほて》っていた。

(飲み過ぎちゃったな……)

普段はあまり飲まないのだが、今夜はとても素面《しらふ》ではいられそうになくて、注がれるままに飲んでしまった。

酔うと眠くなる質なのに、ひどく目が冴えている。

──渡辺雄大。この八年、一度も忘れたことのない、初恋の人。

つい先ほどまで同じレストランの同じ親睦会の会場にいたなんて、まだ信じられないような気分だった。

高校一年生のときのファーストキス……忘れられないキスの感触が、唇にありありとよみがえる。

唇の表面が痺れ、うなじがぞわりと粟立つ。体の芯に官能の火がつきそうになって、慌てて歩は不埒《ふらち》な感覚を追い払おうと首を左右に振った。

——雄大の姿を最初に見かけたのは、一週間前の夕刻のこと。

歩が勤務する87デザインオフィスは、ゴールデンウィーク中に四つ葉ビルヂングに引っ越してきた。連休中に引っ越し業者がデスクや本棚、ロッカーを運び入れて設置し、連休最後の日に社員総出で休日出勤して、各自のパソコンや資料などの荷物を片付けた。

四つ葉ビルヂングに移転して最初の営業日、先輩と一緒に残業することになり、歩は近くのコンビニへ買い出しに行った。

ふたり分の弁当を提げて交差点に佇んでいると、道を挟んだ向かいの通りを長身の男が大股で歩いているのが目に入った。

「——!」

日に焼けた横顔を見た瞬間、歩の心臓は止まりそうになった。

——渡辺雄大だ。

髪型が変わり、高校時代既に百八十センチを超していた身長は更に伸び、体つきもがっちりと逞しさを増している。

それでも歩には、すぐに彼だとわかった。

紺色のスーツ、重そうな黒いブリーフケース……すっかり大人の男への変貌を遂げたものの、背筋を伸ばし、真っ直ぐ前を見てきびきびと歩く姿は、高校の頃とちっとも変わっていなかった。

信号が青になり、隣にいた若い女性が横断歩道へ足を踏み出す。慌てて歩も道を渡り、雄大の後ろ姿を追った。

どこへ行くのだろう。県庁だろうか。勤務中なので、あまり遠くまでは追いかけられない。

頭の中が、記憶や感情の箱をひっくり返したように混乱していた。

どうしよう。追いかけていって声をかけるべきか。この機会を逃したら、もう二度と会えないかもしれない——。

(だけど、なんて言えばいい？　そもそも僕のことなんて覚えてないかもしれないし……)

自分と雄大は、高校時代にクラス委員の活動でほんの一時期一緒に過ごしただけだ。

自分にとっては忘れられない相手だが、彼もそうだとは限らない。

声をかけるべきか否か。決断できないままあとを追っていくと、雄大が古めかしいビルの前で立ち止まり、扉を開けて中へ入っていった。

どきりと心臓が跳ね上がる。四つ葉ビルヂング——歩の勤務先が引っ越してきたビルだ。

(もしかして、このビルのどこかに勤めているんだろうか。それとも今日はたまたま立ち寄っただけ……？)

行き先を確かめたくて、正面玄関の扉を開けて中へ飛び込む。

エレベーターホールには誰もいなかった。階段を上る足音が聞こえてきて、急いで吹き抜けの階段を見上げる。

やがて足音は途切れ、ロビーが静けさに包まれた。

雄大が何階に行ったのかわからない。入口に戻り、ずらりと並んだ郵便受けを見つめる。

歯科クリニック、出版社、法律事務所……ふいに歩は、雄大が東京の有名な大学の法学部に進学したことを思い出した。

(法学部に行ったからって、みんながみんな弁護士になるわけじゃないけど)

可能性はゼロではない。だが、歯科クリニックに治療に来た可能性のほうがよほど高いのではないか。

心臓が早鐘を打ち、しばしその場に立ち尽くして呼吸を整える。

まさか今日初恋の人に再会できるなんて、今朝目覚めたときにはこれっぽっちも思っていなかった。

あまりに突然で考えがまとまらず、高揚と動揺がくり返し胸に押し寄せてくる。

いちばんお気に入りの服を着てくればよかった。

ゴールデンウィークの間に散髪に行ってすっきりしてくればよかった。

何もかも再会の日にふさわしくない気がして絶望し、しかしその直後に階段を駆け上がってビル内のすべてのドアを開けて確かめたい気持ちに駆られ……。

数分後、我に返った歩は、弁当が冷めないうちに事務所に戻ることにした。

長い間、雑踏の中に雄大の姿を探し続けてきた。似たような後ろ姿を見かけて密かに追いかけ、顔を確認して落胆したことも一度や二度ではない。

それを思えば、彼がこの花丘にいることがわかっただけでも大収穫だ。

ここにいれば、きっとまた会う機会がある。そう前向きに考えて、次の機会を待ったほうがいい。

事務所に戻ってからも、雄大のことが頭から離れなかった。

また会える保証などどこにもない。自分は一世一代の機会を逃してしまったのではないだろうか。ビル内を隈なく探せば、まだ間に合うのではないか。

……いや、偶然の再会は、ふたりの間に縁がある証拠だ。きっとまた会える。

ポジティブな気持ちとネガティブな気持ちが交互に訪れ、午後はあっというまに過ぎていった。

あれこれ気を揉んでいた雄大の居場所は、その夜のうちにあっさり判明した。帰宅してからインターネットで四つ葉ビルヂングに入っているテナントを検索し、四つ葉法律事務所のホームページに雄大の名前を見つけたのだ。

写真は掲載されていなかったが、名前と生まれ年、花丘東高校卒業、二橋《ふたつばし》大学法学部卒業という経歴だけで充分だ。

やはり見間違いではなかった。

同じビルで働くことになるなんて、なんという奇遇だろう。

ふたりの間に縁が――それも特別な縁があるように感じて、その晩はなかなか寝つくことができなかった。

けれどその日以来、雄大の姿を見かけることはなかった。同じビルといっても階が違うし、歩は仕事中ほとんど外出しない。

だから四つ葉会が歓迎会を開いてくれると知って、どれだけ楽しみにしていたことか。

(でも……全然話せなかったな)

路面電車がやってきて、軋んだ音を立てて停車する。

乗客は歩の他にひとりだけ、蛍光灯に照らされた車内は、昼間と違ってやけに非現実的な印象だった。

シートに座って揺られながら、今夜の親睦会について思いを巡らせる。

話すチャンスがまったくなかったわけではない。一通り自己紹介が終わったあと、四つ葉会の会長はグラスを手にあちこちのテーブルをまわっていたし、他にも何人か席を移動していた。

雄大は最初に座った席から動こうとしなかった。彼のいるテーブルに空席ができたとき、歩は勇気を振り絞ってそこへ行こうかと考えた。

けれど、どうしても脚が動かなかった。

彼と顔を合わせて、いったい何を話せばいいのか。

きっと雄大は自分のことなど覚えていないだろう。名乗れば思い出してくれるかもしれないが、気まずい思いをさせてしまうだけだ。

(自己紹介したとき、僕のことに気づいてなかったみたいだし)

人前で話すのは苦手なので、雄大の反応を観察するどころではなかった。それでも精一杯さりげなく彼のほうを窺ったのだが、特に何も反応がなかったように思う。

もしも山本歩のままだったら、気づいてくれただろうか。

(いや……多分気づかなかっただろうな。山本は花丘に多い名字だし、歩も平凡な名前だし)

大学に進学した年に両親が離婚し、以来歩は母方の姓を名乗っている。

小谷歩になってからだいぶ経つので、自己紹介をするまで名字が変わったことを忘れていた。口にしてから思い出し、雄大に気づいてもらえるよう、急いで花丘市出身であることを言い加えた。

そうだ……自分は雄大に気づいて欲しかったのだ。

それが叶《かな》わなくて、今はかなり落ち込んでいる。

電車が赤信号で停車し、車内がしんと静まり返る。窓に映った自分の姿を眺め、歩は小さくため息をついた。

雄大と最後に会った高校一年生のときと比べると、名字だけでなく見た目もだいぶ変わってしまった。

百六十二センチだった身長は百七十三センチに、子供っぽかった体もそれなりに筋肉がついて大人びた。中性的だった顔も、頬のラインがすっきりして青年らしくなったと思う。

（気づかなくて当然か……一緒にいたのはほんの短い期間だったし）

名字も容姿も変わってしまっては、気づいてくれというほうが無理というものだ。

軽く目を閉じると、雄大と初めて会った日のことが鮮やかに浮かび上がってくる。

——高校一年生の四月。くじ引きでクラス委員に選出された歩は、第一回の委員会のためおそるおそる生徒会室を訪ねた。

時間が早すぎたのか、まだ誰も来ていなかった。日時や部屋を間違えたのではないかと次第に心細くなり、いったん部屋を出ようと立ち上がったときのこと。

扉を開けた背の高いがっちりとした男が、自分のことを怪訝そうに見下ろしていた。

第一印象は、いかにも体育会系の怖そうな人。けれど委員会の活動で一緒に過ごすうちに、穏やかで優しい人だと知った。

会うたびに、話すたびに、雄大への特別な気持ちが膨らんでいった。

自分の恋愛対象が同性であることは、中学に上がる少し前から気づいていた。初めてほのかな憧れを抱いたのは小学校六年生のときの同級生で、今思えば雄大と似たタイプだったように思う。

彼に対しての想いは、友達になりたい、それもいちばんの親友になりたいというプラトニックなものでしかなかった。

けれど雄大への想いはもっと生々しく現実的で、肉体的な欲望を伴っていた。

雄大との出会いが歩に初恋と同時に性の目覚めをもたらし……歩は好きな人に触れたい、触れて欲しいという欲求を初めて知った。

寝る前に瞼《まぶた》に浮かぶのは、いつも彼の大きな手――長い指、厚い手のひら、がっちりとした手首と逞しい腕。彼に体をまさぐられることを妄想して、恥ずかしい行為に耽った。

具体的に身近な誰かを想像しながら自慰をしたのは初めてで、それは初《うぶ》な歩を罪悪感で苛《さいな》ませた。恥ずかしくて彼の顔を見ることができなくて、挙動不審になってしまったこともしばしばだ。

九月の体育祭を最後に、三年生は委員会の仕事からは事実上引退する。

そうなれば、雄大との接点はなくなる。学年も部活も何もかも違いすぎて、当時の歩には雄大と恋人同士になることはおろか、友達になることさえ不可能に思えた。

この気持ちは、胸にしまっておこう。

だけど、もしほんの少しでもチャンスがあるなら、せめて友達になりたい。

どう切り出すか決められないまま迎えた、体育祭の当日。

この日のことを、自分は一生忘れないだろう——。

ふいに電車ががくんと揺れて、歩ははっと我に返った。いつのまにか電車は終点の花丘駅前に到着していた。

慌てて立ち上がり、下車する。酔いが醒めたのか、外に出た途端肌寒さを感じ、ぶるっと背筋が震える。

（何か羽織るもの持ってくればよかったな）

地下街を通って、花丘駅の改札を目指す。この時間は飲食店もすべてシャッターが閉まっており、照明を抑えた通路にはほとんどひとけがなかった。

改札口のそばにあるコーヒーショップがまだ開いていたので、カフェラテをテイクアウトして改札をくぐる。

歩は隣の倉咲市に住んでいる。事務所の移転にあたって引っ越しも考えたのだが、倉咲駅は花丘駅から快速で十五分、駅からも徒歩五分程度なので、とりあえずは今のアパートに住み続けることにしたのだ。

終電前の車内はがらがらだった。ボックス席に座り、熱々のカフェラテで暖を取る。

電車が動き始めると、急に眠気を感じて歩は瞼を閉じた。

意識は再び高校時代へと引き戻されていき……体育祭での出来事が鮮やかに浮かび上がってくる。

クラス別の学年混合リレーで、第三走者の歩はバトンを落とすというミスをやらかしてしまった。一位でバトンを受け取ったのに、走り始めたときには最下位になっていた。

今思えば自意識過剰もいいところだが、当時は取り返しのつかない大失態だと感じて青ざめた。必死になってなんとかひとり追い抜いたものの、最終走者の雄大にバトンを渡した時点で四位、優勝は絶望的と思われた。

ところがそこから雄大が驚異的な追い上げを見せ、なんとトップでゴールした。

自惚《うぬぼ》れかもしれないが、バトンを落としたのが自分でなかったら、雄大はあそこまでがむしゃらに走らなかったと思う。

ミスを悔やむであろう自分のことを心配して、全速力で走ってくれた。

雄大が自分に特別な感情を持ってくれているような気がして、歩は胸が熱くなった。

そしてその二時間後——事態は思わぬ方向へ急展開を見せた。

正直、あの前後のことはあまりよく覚えていない。教師に頼まれて生徒会室に文房具の入った箱を片付けに行き、そこで雄大と鉢合わせし……。

気がつくと、彼の腕に強く抱き締められていた。

痛くて息苦しくて、必死でもがいた。雄大に抱き締められることをいつも夢見ていたのに、いざ現実になってみると恐怖心が勝り、拘束から逃れたい一心だった。

「……っ」

彼の体温と荒々しい抱擁の感触を思い出し、体の芯がぞくりと震える。

慌てて歩はシートに座り直し、カップに残っていたカフェラテを飲み干した。

まったく、皮肉な話だ。あのときはただ怖いだけだったのに、思い出すたびに官能を揺さぶられるなんて。

（どうしてあんな反応しちゃったんだろう……。あのとき僕がもっと冷静に対応してたら、渡辺さんとの繋がりが切れることもなかったかもしれないのに）

はあっと長いため息をついて、もう何度目になるかわからない後悔の念に浸る。

あの頃の自分は、まだ何も知らない初な子供だった。唇を重ねられたときも、しばらくの間それがキスだと認識できなかったくらいだ。

おまけに、体をまさぐられたときにはみっともなく泣き出してしまった。

決して嫌だったわけではない。妄想の中ではいつも、雄大の手に愛撫されることを望んでいた。

けれどいざあの大きな手に胸を覆われると、呼吸が苦しくなり、薄い皮膚の下で心臓が破裂しそうになり……。

高揚と恐怖がないまぜになった感覚が胸によみがえる。

心の準備ができていなかった、としか言いようがなかった。

あんなふうに急じゃなく、まず「つき合おう」と言ってくれたら、自分は迷わず承諾しただろう。うまく対応できなかった自分にも腹が立ったし、何も言わずにいきなり抱き締めたりキスしたりした雄大にも腹が立った。

彼が謝ってくれるのを……そして「好きだ」とか「恋人になって欲しい」とか甘い言葉を囁《ささや》いてくれるのを待っていた。

けれど雄大は謝りに来なかった。

こちらから電話をかけようと思ったことも一度や二度ではない。しかし時間が経って怒りが鎮まるにつれて、歩は次第に不安になってきた。

あのキスや抱擁は、恋愛ゆえの行為ではなかったのではないか。

雄大は当時十八歳。健康な十八歳の男性がありあまる性欲を抱えていることは、初な歩にも想像がついた。

彼は単に、身近にいた中性的で従順そうな少年に性的な興味をそそられただけかもしれない。

その証拠に、彼は謝るどころか自分を避けている様子で……お人好しの歩にも、彼には自分と関係を築く気がないらしいことが察せられた。

初恋は無残に砕け散った。

体育祭から卒業式まで、歩はずっと雄大の仕打ちを恨み続けていた。

それでも校内で彼を見かけるたびに心臓がどきどきし、あれは何かの間違いで、本当は彼も自分を想ってくれているのではないかと妄想した。

そして卒業式が近づくにつれ、歩はやはり雄大と一度ちゃんと話し合いたいと思うようになった。

たとえ傷つくことになっても、彼の真意を聞いておきたい。

そうしないと、自分はいつまでもこの初恋に囚《とら》われて前に進めない。

卒業式が終わったあと彼に声をかける決心をし、どう切り出すか、彼の言葉になんと返事をするか、あれこれシミュレーションした。

しかし肝心なときにインフルエンザに罹《かか》ってしまい、卒業式に出席することができなかった。

自分と雄大を繋ぐ糸は完全に切れてしまった。

いや、最初からふたりを繋ぐ糸などなかったのかもしれない。

インフルエンザに罹ったことも運命のような気がして、当時の歩はひどく悲観的になってしまった。

車内に、まもなく電車が倉咲駅に到着するというアナウンスが流れる。

小さなため息をひとつついて、歩はバッグを肩に掛けて立ち上がった。

5

裁判所の建物を出て腕時計に目を落とし、雄大は顔をしかめた。

昼食の時間をとっくに過ぎている。

腹が減っていらいらしているわけではない――いや、それも多少あるかもしれないが、今日も歩と会う機会を逃してしまったことが口惜しい。

同じビルにいるとわかっていても、職場が違うとなかなか接触する機会がないものだ。

弁護士の雄大は外を出歩くことが多く、デザイナーの歩は滅多に外出しない。

狙い目は、十二時から一時までの昼の休憩時間だ。

一週間ほど前、地下のフォルトゥーナへランチをとりに行くと、ちょうど歩が同僚と一緒に出てきたところにばったり出くわした。

『ああ、法律事務所の……。こんにちは』

『はい、こんにちは』

歩の連れの女性とは歓迎会で少し話をしたので、顔を覚えていたらしい。

彼女の隣で、歩がぺこりと頭を下げて会釈した。

しかしそれ以上会話は続かず――それも当然だ――歩と彼女は階段を上り、雄大は店内へと進まざるをえなかった。

三十分早く来ていれば、同席できたかもしれない。そう思って、翌日十二時になると同時にフォルトゥーナへ向かった。

客が入ってくるたびに期待に満ちた視線を送ったが、結局その日歩は来なかった。

普通は二日続けて同じ店には行かない。食後のコーヒーを飲んでいるときに、ようやくそのことに気づいた。

（なんか高校の頃を思い出すな……。歩とは校舎が違うから、校内でばったり会うことは滅多になかった。委員会という接点がなければ、卒業までお互いの存在に気づかなかったかもしれないな）

大股で歩きながら、今日の昼飯は何にしようと現実的な考えを巡らせる。

今からフォルトゥーナへ行っても歩には会えないし、時間もあまりない。県庁の裏の弁当屋ですき焼き弁当を買って帰ることに決めて、横断歩道を渡る。

――歓迎会の三日後、雄大は歩が独身であることをつきとめた。

つきとめたというのは大袈裟《おおげさ》だが、雄大なりにかなり気を遣って入手した情報だ。

守屋と雑談中、さりげなく歓迎会の話に持って行き、藤原さんと坪井さんが若い男性社員を質問攻めにしてましたねと水を向け……。

『あのふたりは若くて可愛い子に目がないから』

自分のことは棚に上げ、守屋はにやりと笑って見せた。

『だけど、既婚者かもしれないでしょう』

聞くなら今しかない。少々わざとらしいと思いつつ、雄大は懸案事項を口にした。

『小谷くんは独身よ。倉咲でひとり暮らししてるって聞いたわ』

さすが守屋だ。期待通り、藤原と坪井から情報を得ている。

本人に直《じか》に尋ねずに他人から情報を集めたことに後ろめたさを感じつつ、歩が独身であることを知って、雄大は大いにほっとした。

これで誰かに気兼ねすることなく堂々と口説ける。

(堂々と口説く。それが難しいんだよな……)

どうやって歩に近づくか。それが問題だ。

「……あ！」

弁当屋に入ろうとガラス張りのドアを開けたところで、思わず雄大は素《す》っ頓狂《とんきょう》な声を上げてしまった。

カウンターの前に立ち、数人分の弁当が入った袋を受け取ろうとしているのは、今まさに雄大が会いたいと願っていた人物だったのだ。

「……こんにちは」

一瞬間を置いて、歩がおそるおそるといった様子で会釈する。その表情は、知り合いかどうか確信が持てなくて戸惑っているように見えた。

やはり完全に忘れられているようだ。

それでも構わない。高校以来、初めてかわす言葉に胸が激しく高鳴る。

「……買い出し？」

会話を続けようと、雄大はわかりきったことを口にした。

「……はい」

「昼はきっちり十二時から一時なのかと思ってた」

「普段はそうなんですけど、今日はちょっと急ぎの仕事があって……」

ぎこちない会話を続けながら、雄大は歩を凝視した。

薄い緑色――ミントグリーンとでも言うのだろうか。爽やかな色合いのシャツがよく似合っている。襟元からちらりと覗く白い肌が眩しくて、慌てて雄大は視線を下へ向けた。

（う……っ）

ローライズの細身のパンツに、全身の血が沸騰しそうになる。革のベルトが細い腰を強調し、ふるいつきたくなるほど色っぽい。

「あの……それじゃ、お先に失礼します」

「えっ、あ、ああ」

歩に無遠慮な視線を這わせていたことに気づき、慌てて雄大は姿勢を正した。

これ以上引き留める理由はない。無理に話を引き延ばすのも不自然だ。歩の美しい後ろ姿をしっかり目に焼きつけてから、雄大はカウンターに向き直った。


「お、今日は鶴松《つるまつ》の弁当か」

事務所に戻ってすき焼き弁当を食べていると、外出から戻ってきた難波に声をかけられた。

「ええ。弁当買いに行ったら、８７デザインオフィスの社員にばったり会いました」

歩に会えたことが嬉しくて、言わなくてもいいことまで嬉々として報告する。

「へえ。引っ越してきたばっかりなのに目が早いな」

「……どういう意味です？」

難波のセリフに含みを感じ、雄大は箸を止めて彼の目を見上げた。

「どういうって、鶴松の弁当を買いに来てたことだよ。あそこ場所わかりにくいしチェーン店でもないし、知る人ぞ知るって感じだろ。あの店構えからは、まさかこんなに美味《うま》いとは想像つかないし」

「ああ、そういう意味ですか」

ほっとして口の中へ牛肉を放り込むと、難波が意味ありげな笑いを浮かべてそばの椅子に腰をおろした。

「さては、あのデザイン事務所に好みの子がいたんだな？」

「なんでそうなるんですか」

内心ぎくりとしつつ、平静を装って湯飲みに手を伸ばす。

「引っ越してきたばかりなのに目が早いって、自分のこと言われたと思ったんだろ」

図星を指され、雄大は動揺した。ほうじ茶を飲みながら、どう言い訳しようかと考えを巡らせる。

「で、さっきばったり会った子が意中の彼女。おまえ、すごくわかりやすいよ。目が輝いてたもん」

肯定も否定もせず、雄大は黙々と弁当をかき込んだ。

難波に嘘をついても無駄だ。見破られるに決まっている。墓穴を掘るよりも、ここは経験豊富な難波の知恵を拝借したほうがいい。

「……難波さんだったら、どうします？」

「どうって？」

「同じビル内に、親しくなりたい相手がいた場合」

「うーん、俺は職場恋愛はしない主義だからなあ」

「同じビル内の、別の職場です」

「だけど、ここって四つ葉会があるから、ビル全体でひとつの職場みたいなもんだろう。親睦会でしょっちゅう顔合わせるし、噂も結構伝わってくるし」

「……確かに」

去年、出版社勤務の男性と歯科クリニック勤務の歯科衛生士の女性が結婚した。ふたりがつき合っていることはビル内の誰もが知っていたし、やれ喧嘩《けんか》しただの、プロポーズしただの、何もかもが筒抜けだった。

「ビル内恋愛はお勧めしない。が、恋愛には興味ないと思ってたおまえに好きな子ができたのはめでたいことだ。なんでも協力するぞ」

「じゃあお聞きしますが、偶然を装った待ち伏せってどうすかね？」

雄大の案に、難波は苦笑した。

「その手は一回だけにしておけ。何度もくり返すと怪しまれる。きもいって思われたらおしまいだ」

「……その言葉、肝に銘じておきます」

神妙な顔で頷くと、難波が励ますように雄大の肩を軽く叩いた。

「せっかく四つ葉会という接点があるんだから、こういうときこそ利用しないとな。近々何か親睦会をセッティングするよ。ボウリングとかカラオケとか」

「お願いします」

期待に満ちた目で、雄大は難波を見上げた。

◇◇◇

鶴松をあとにした歩は、頬を紅潮させながら四つ葉ビルヂングへと急いだ。

まだ心臓がどきどきしている。

まさか今日、あんな場所でばったり会うなんて……。

そう考えてから、唇に苦笑いが浮かぶ。

四つ葉ビルヂングに彼がいると知って以来、こんなふうに偶然会って言葉をかわすことをいつも期待していたではないか。会話こそなかったものの、一週間前には地下のフォルトゥーナですれ違って挨拶もした。

（びっくりした……）

日頃から服装や身だしなみに気を配るほうだったが、このビルに移転してから、前にも増して気合いが入っている——いつ彼に会ってもいいように。

けれど、話す内容までは決めていなかった。まさか挨拶以上の言葉をかけられると思っていなかったので、先ほどは気が動転して声が上擦ってしまった。

自分のことを忘れているのだとしたら、初対面のふりをしたほうがいい。

覚えているとしたら——歓迎会のあの様子からはそれはあり得そうになかったが——まずは彼の出方を窺ったほうがいい。

どっちにしても、高校時代のあの件を持ち出せば、彼に気まずい思いをさせることになる。それをきっかけに無視されたり、あるいは疎ましく思われるような事態は避けたい。

（まだチャンスはあるのかな……）

あのときは怖くて拒絶してしまい、その上彼の気持ちを疑って、関係を修復できないまま別れ別れになってしまった。

けれど時が経ち、当時のことを冷静に思い返せるようになり、歩は遅ればせながら気づいた。

彼もまた、歩の拒絶に傷ついていたのではないか。

それが当たっているかどうかはわからない。最初に思ったとおり、彼にとっては身近にいた欲望の捌《は》け口だったのかもしれない。

（でも……渡辺さんは僕に優しかった。僕たちの間には確かに何か……先輩後輩とか友情以上の何かがあったと思う）

彼が自分を想ってくれていたと信じたい。

高校時代の恋なんて儚《はかな》いものだ。高三のとき、同じクラスに卒業したらすぐに結婚すると騒いでいた熱愛カップルがいたが、卒業して半年もしないうちにあっさり別れてしまった。

普通はそうだろう。進学や就職を機に外の世界に出ていき、新たな出会いが訪れる。十代の幼い恋の思い出は日に日に色褪《いろあ》せ、今目の前にいる誰かに恋をして結ばれる。それが現実というものだろう。

けれど歩は、あれからずっと初恋の残像に囚われている。

もう誰にも恋をしないと決めていたわけではない。二度と会えないかもしれない相手を想い続けるのは不毛だということもわかっていた。

高校を卒業後、歩は隣県にある公立大学の芸術学部へ進んだ。そこで同級生の男子学生と、少しだけつき合っていたこともある。

雄大とは全然似ていない、都会的で華やかな美青年だった。新入生のオリエンテーションのときにひとりぼっちだった歩に声をかけてくれて、一年後に恋人同士になった。

何度かキスをかわし……けれどそのたびに違和感が募り、やがて自分が求めているのは彼の唇ではないということに気づき、別れを告げた。

『まだ高校時代の初恋を引きずってるの？』

半ば呆《あき》れたように言われて、申し訳ないやら情けないやらで涙が出てしまった。

そんな歩を、彼は優しく抱き締めて言った。

『いいよ、わかった。悔しいけど、僕は思い出の彼に勝てなかったわけだ』

『……ごめん』

『謝るなって。僕がつき合おうって言ったとき、歩はちゃんと話してくれたよね。忘れられない人がいるって。それでもいいからつき合おうって押し切ったのは僕のほうだし』

『……』

そのときのことはよく覚えている。僕が彼を忘れさせてあげるよ。そう言って、彼は優しく歩を抱き締めたのだ――雄大とは全然違う、スマートで紳士的なやり方で。

雄大に対する想いは、自分で思っていたよりもずっと大きかった。

目の前にいる魅力的な彼のことを好きだと思っていたが、彼に対する気持ちと雄大への気持ちは全然違った。

無口な雄大が時折口にする木訥《ぼくとつ》な言葉、熱っぽい眼差し……そして体が軋むような荒々しい抱擁、何もかも奪い尽くすような、不器用で激しい口づけ。

頭であれこれ考えるよりも先に、心と体が雄大を求めていた。恋しくてたまらなかった。

恋人と別れたあと、雄大のことを忘れようと、ゲイが集まる店に行ってみたこともある。結果は散々だった。しつこいナンパ男を振り切って、逃げるように店をあとにした。

夜の街を歩きながら、歩は雄大の代わりはいないのだということを悟った。

無理に忘れようとしなくていい。いつか自然に雄大のことを忘れられる日が来たら、そのとき好きだと思える相手を見つければいい。

そう思えるようになり、焦って恋人を作ろうという気持ちはすっかりなくなった。就職活動や卒業制作に追われ、就職後は仕事に無我夢中で、何年も恋愛とはまったく無縁の生活を送ってきた。

――そして思いがけない再会。

心の奥底に深く沈めていた初恋の記憶が、いきなり現実となって現れた。

雄大は、すっかり大人の男に成長していた。

日に焼けた精悍な顔、高校のときよりも濃くなった髭《ひげ》の剃《そ》り跡、仕立てのいいスーツの下の、逞しさを増した体――。

つい先ほど店先で会ったばかりの雄大が、鮮やかによみがえる。

雄大はスーツの上着を脱いで手に持ち、ワイシャツの袖を捲っていた。

男っぽい色気を惜しげもなくまき散らす姿に、歩はひどく狼狽《うろた》えてしまった。

(……渡辺さん、今つき合ってる人いるんだろうか)

いるのが当然のような気がする。背が高くて男らしくて、しかも弁護士だ。女性が放っておくはずがない。それどころか、既に結婚している可能性もある。

(指輪……してたっけ?)

左手の薬指に結婚指輪はなかったように思う。あれば見逃すはずはない。けれど、既婚者が全員指輪をしているとは限らない。

「……あ」

いつのまにか四つ葉ビルヂングを通り過ぎていたことに気づき、踵《きびす》を返す。

急がないと、また雄大と鉢合わせしてしまう。一日に二度も会ったら、まるで待ち伏せしていたようで不自然だ。

（変なやつだと思われないようにしないと）

エレベーターを待っていたら雄大に追いつかれそうで、三階まで一気に階段を駆け上がる。

それでもなんだか名残惜しい気持ちになり、吹き抜けになった階段の手すりからそっとロビーを見下ろす。

そういえば高校時代も、教室移動などで雄大を見かけるたび、こんなふうにこっそり振り返って見つめていたものだ……。

正面玄関の扉が開く音に我に返り、慌てて歩は首を引っ込めた。

6

歩《あゆむ》とふたりきりになるチャンスは、親睦会を待つことなく、思いがけない形で訪れた。

――鶴松《つるまつ》でばったり会った翌々日、午後二時三十分。

弁護士会館から戻ってきた雄大《ゆうだい》は、四《よ》つ葉《ば》ビルヂングのエレベーターホールにひとり佇《たたず》む歩の後ろ姿を発見した。

紺色のカーディガン、ブルージーンズ、白いスニーカー。足元に紙袋をふたつ置いて、エレベーターが来るのを待っている。

(チャンスだ……!)

鼻息荒く、雄大は大股《おおまた》でエレベーターホールへ向かった。

足音に気づいた歩が振り返り、驚いたように目を見開く。

「やあ、また会ったね」

我ながら棒読みだ。多分表情も引きつっている。難波《なんば》なら、こんなとき相手を警戒させないよう、柔らかな笑みを浮かべてみせることだろう。

「……こんにちは」

歩の表情も強《こわ》ばっていた。

早くも嫌われてしまったのだろうか。それとも、高校時代に不埒《ふらち》な真似をした男だと気づいたのだろうか。

不安が胸をよぎるが、今は敢《あ》えて考えないことにする。単にあまり親しくない男とふたりきりでエレベーターに乗るのが気詰まりなだけかもしれない。

ちょうどエレベーターがやってきて、雄大は扉を押さえて歩に先に乗るように手で示した。

「すみません」

歩が両手に紙袋を提げて乗り込み、壁にくっつくようにして立って〝開〟のボタンを押す。

大きく息を吸ってから、雄大はエレベーターの箱に足を踏み入れた。

年季の入ったエレベーターがぐらりと揺れ、歩が怯《おび》えたようにびくっと肩を震わせる。

(むむ、おんぼろエレベーターめ。まるで俺が重いせいみたいじゃないか……いや実際重いけど)

決して太っているわけではない。体脂肪率約10%、がっちりした筋肉質だ。しかし身長と筋肉が増えた分、体重は高校時代よりも十キロ以上重くなってしまった。

「えっと、四階ですよね」

「ああ、うん」

歩が三階と四階のボタンを押し、扉が大袈裟《おおげさ》な音を立てて閉まり始める。

二メートル四方ほどの狭い空間に歩とふたりきりになり、雄大は無意識に大きく肩で息をした。

（背は伸びたけど、体つきはあんまり変わってなさそうだな……）

動き出したエレベーターの中、隣に立つ歩に視線を這《は》わせる。

今日も歩は、ため息が出るほど美しい。再会してからこんなに間近で見たのは初めてで、雄大は長い睫《まつげ》毛や形のいい鼻、柔らかそうな唇を懐かしい思いで堪能した。

（なんかいい匂いがする）

香水ではなく、石鹸《せっけん》のような優しい香りだ。思わず鼻の穴を広げ、その香りを肺一杯に吸い込む。

カーディガンの下に着ているのは、ヘンリーネックというやつだろうか。襟元に三つ四つボタンが並んだ生成《きなり》のTシャツが、歩の優しい顔立ちによく似合っている。

「………」

Tシャツの襟元のボタンがふたつ外れているのを見て、雄大はごくりと唾《つば》を呑《の》み込んだ。白くなめらかな胸と薄桃色の愛らしい乳首が瞼《まぶた》に浮かび上がりそうになり、慌てて視線を正面に戻す。

と、そのとき、エレベーターががくんと大きく揺れた。

「うわっ」

足元の紙袋が倒れて数冊の本が飛び出し、歩が焦ったように声を上げる。

「大丈夫か？」

「え、ええ、はい」

歩と一緒にしゃがんで、床に散らばった本を拾い集める。紙袋に入っていたのは写真集や画集、大判で重そうな本ばかりだ。

「ああ、県立図書館に行ってたんだ」

背表紙に貼られた図書館の分類記号のシールを見て、雄大は呟《つぶや》いた。

「はい、仕事で使う資料を借りに……」

歩が言葉を詰まらせる。ちらりと窺《うかが》うと、顔が真っ赤だった。

……思い出した。高校時代も、最初の頃は何か話しかけるたびに歩は恥ずかしそうに頬《ほお》を赤らめていたものだ。

当時はその反応が不思議でたまらなくて、一度『俺、なんか気に障ること言った？』と尋ねたことがある。

『いえ、その、緊張してるだけです……』

蚊《か》の泣くような声でそう言って、歩は耳まで真っ赤になった。

赤面する人は、他人からそれを指摘されるとますます赤くなってしまう。そのことに気づいて、雄大は以来それについて触れないようにした。

今も昔も、赤くなった歩は身悶《みもだ》えるほど可愛い。

けれどそれは歩が緊張している証拠で、雄大としては複雑だった。

「はい、これ」

沈黙が歩をますます緊張させていることに気づき、さりげない調子で本を差し出す。

「ありがとうございます」

「俺もときどき行くんだけど、ここ図書館近いから便利だよな」

「ええ、ほんとに……。前の職場は図書館が遠かったので、ほんと助かります」

すっかり社会人らしくなった受け答えに、雄大は八年の歳月を感じた。まだ頬に赤みが残っているが、少し緊張が解けてきたらしく、唇には笑みらしきものも浮かんでいる。

「ここはいいよ。県庁は目の前だし、飲食店も結構充実してるし」

「そうですね。それに緑が多くて……初めてここに来たとき、職場の窓から花丘城《はなおかじょう》の天守閣が見えて感激しました」

「ああ、俺も初めて見たときびっくりした。すぐ近くだもんな」

思いがけず会話が弾み、胸が高鳴る。きっと自分は今、締まりのないにやけた顔をしていることだろう。

本を紙袋に収めて、歩が立ち上がる。

続いて雄大も立ち上がり、ちょうどエレベーターの中央で向き合う形になった。目が合って、一瞬互いの顔を見つめ合う。

しかし歩はすぐに目をそらし、それからふと怪訝《けげん》そうに眉をひそめた。

「あの……エレベーター、止まってます？」

「え？　ああ、ほんとだ」

話し込んでいる間に三階に着いたようだ。しかし扉の上にある現在の階数を示すパネルを見上げると、〝1〟の文字が黄色く点滅している。

「あれ？　動いてないのか？」

「変ですね。三階と四階のボタン押したんですけど」

歩が再度扉の脇にあるパネルのボタンを押す。しかし〝3〟と〝4〟のボタンはぼんやりと光を灯《とも》したまま、なんの反応も見せなかった。

「一階に止まったまま……ってことですよね？」

頭上のパネルを見上げてから、歩の細い指が遠慮がちに〝開〟のボタンを押す。それでもエレベーターはうんともすんとも言わなかった。

「どうやら故障みたいだな」

ため息混じりに呟くと、歩がひどく驚いたように「ええっ」と声を上擦らせた。

「いや、一年くらい前にもあったんだ。うちの先生ふたりが閉じ込められて、裁判に間に合わないかもって大騒ぎだった」

「故障……」

歩が呆然《ぼうぜん》とくり返す。茶色い瞳が左右に大きく揺れ、内心の動揺ぶりが伝わってきた。

「いや、大丈夫。そんときも三十分くらいで直ったたし」

歩を安心させるように、敢えて軽い調子で言葉をかける。

思いがけないアクシデントだが、不思議と気持ちは落ち着いていた。もともと雄大は突発的な出来事にあまり動じない質《たち》だ。

それよりも、このまましばらく歩とふたりきりで過ごせるかもしれないという期待で胸が膨らむ。

「ちょっといいかな」

「え？　あ、はい……」

扉の脇のパネルを指さすと、歩が紙袋を持って後ずさり、場所を空けてくれた。

足元に鞄《かばん》を置き、緊急連絡用の赤いボタンを押す。

『——はい、こちら丸菱《まるびし》エレベーター、緊急コールセンターです』

若い女性の機械的な声がすぐに応答してくれた。

「すみません、今エレベーターの中なんですが、故障したみたいで動かないんです」

『大変申し訳ございません。お調べしますので少々お待ちください……花丘市城下町一丁目、四つ葉ビルヂングで間違いありませんか？』

「はい、間違いありません」

オペレーターに問われるままに状況を説明する。その間ずっと、歩は心配そうな表情で胸の前で拳《こぶし》を握り締めていた。

『すぐに担当者が伺います。申し訳ありませんが、十五分ほどお待ちください』

「了解です。よろしくお願いします」

通話が切れて、エレベーター内がしんと静まり返る。

「時間、大丈夫？」

振り返って、雄大は何げない調子で歩に尋ねた。

「はい……急ぎの用はないです」

「事務所に連絡しといたほうがいいな」

「そうですね」

互いに鞄やポケットからスマートフォンを取り出して、それぞれの事務所に電話をかける。

「もしもし？　渡辺《わたなべ》です。今戻ってきたんですけど……」

受話器を取った守屋《もりや》に事情を説明すると、「ああ、またですか。運が悪かったですね」という言葉が返ってきた。

運が悪いどころか、これぞ僥倖《ぎょうこう》だ。にやにや笑いを見られないように、さりげなく歩に背中を向ける。

「ええ、多分大丈夫だと思いますけど、もし四時のミーティングに間に合わなかったら先に始めててください」

そう伝えて、通話を切る。背後で歩も社長か上司に事情を説明していた。

「はい……はい……大丈夫です。法律事務所の渡辺さんが一緒です」

もう一度歩の口から〝渡辺さん〟という言葉を聞くことができるなんて、つい一ヶ月前には想像もしていなかった。

この千載一遇のチャンスを、決して無駄にしてはならない。

(まずは冷静になれ)

もう十八のガキではないのだ。欲望に駆られて暴走するような愚かな真似を、二度とくり返してはならない。

ふうっと大きく息を吐いてから、雄大はゆっくりと歩のほうへ向き直った。

「さてと……あとは助けを待つしかないな」

「そうですね……」

「突っ立ってるのもなんだし、座ろうか」

言いながら、スーツの上着を脱ぐ。

突然歩がぎょっとしたように半歩後ずさり、雄大は自分の行動が歩を怯えさせてしまったことに気づいた。

(いきなり上着を脱ぐのはまずかったか)

皺《しわ》にならないようにと思っただけなのだが、あの生徒会室での一件を思い起こさせてしまったかもしれない。

迂闊《うかつ》だった。こんな狭くて逃げ場のない状況で、誤解を招くような言動は慎まなくては。

同時に密室に歩とふたりきりだということを強く意識し、体の芯が燃えるように熱くなる。

(落ち着け……! ふたりきりじゃないぞ、防犯用のカメラが見てるし)

カメラがあってもなくても、ここは紳士的に振る舞わねばならない。

「どっこいしょっと」

わざと明るく言って、雄大は壁を背にして床に胡座《あぐら》をかいた。

歩も雄大の向かいの壁に背中をくっつけ、ゆっくりとしゃがんで体操座りをする。

両手で自分の膝頭《ひざがしら》をしっかり押さえ、首を竦《すく》めて落ち着かなげに壁や天井を見上げるさまは、ケージに入れられてびくびくしている小動物のようだ。

弱い者をいたぶる趣味はないが——ないはずだが——歩が大きな紅茶色の瞳を見開いて息を殺している様子は、雄大の心の奥底に眠る何かを刺激した。

——うさぎを追い詰めた狼の気分。

そんな考えが頭に浮かび、慌てて振り払う。

（馬鹿か俺は！　何を考えてるんだ！　それじゃあ高校時代のくり返しじゃないか！）

何か無難な話題を探そうと、必死で頭を回転させる。

「きみは……車で通勤してるの？」

俯《うつむ》き加減に視線を泳がせていた歩が、雄大の問いかけに顔を上げる。

「いえ、電車です。倉咲《くらさき》に住んでて、事務所の移転に合わせてこっちに引っ越そうかとも思ったんですが、アパートの契約を更新したばかりだったので……」

「そうなんだ。でもま、倉咲ならわりと近いよな」

「ええ、快速なら十五分ですし」

しばし会話が途切れ、会話中は目を合わせようと努力していた歩の視線がぐらぐらと揺らぎ始める。

ここで会話を途切れさせてはまずい。先に口を開いてから、雄大はわかり切っていることを敢えて尋ねた。

「駅からは路面電車？」

「はい」

「路面電車、なかなかいいよな。バスよりもなんか風情があって」

「ええ、同じ道を通っても、バスとはまた違った感じがして……」

「そうそう、あれはどうしてだろうな」

――ぎこちない笑み、そして再び沈黙。

ちらりと腕時計を見やるが、通報からまだ五分も経《た》っていない。

ふと雄大の頭に、これは高校時代の過ちについて謝るまたとないチャンスではないかという考えがよぎった。

歩とふたりきりで、他の誰かに会話を聞かれる心配もない。おまけに時間もたっぷりある。まずはこんなふうに切り出すのだ。「そういえばきみは花丘の出身だと言ってたね。高校はどこ？」と。

そう聞かれたら、歩は答えざるを得ない。そこから先はこんなふうに持って行けばいい。

〝へえ、俺も花丘東出身だよ。何期生？　じゃあ俺が三年のときに一年生だったんだな。〟

（……いやいや、今この状況でその話を持ち出したら、歩は逃げ場がなくて困るだろう）

歩が視線をそらしているのをいいことに、雄大は歩の顔を凝視した。

沈黙がエレベーター内の空気を重くしているが、無理に話そうとしても続かないし、かえって気まずくなるばかりだ。歩をじっくり鑑賞するいい機会だと思うことにして、腕を組んで軽く壁にもたれる。

こんなとき、世間一般の男はいったい何をして時間をつぶすのだろう。スマホを弄《いじ》ったり、鞄から書類を出して読んだり？

自分がそうすれば、多分歩もほっとして同じようにスマホを見たり借りてきた本を眺めたりするだろう。

だが雄大は、敢えてそうしなかった。緊張させたくないという思いとは矛盾しているが、歩には自分の存在を意識していて欲しかった——たとえそれが居心地の悪いものであっても。

「あの……」

ふいに歩が顔を上げ、口を開く。

しかし真正面から視線がぶつかった途端、声を発したことを後悔するように目を瞬《しばた》かせた。

「ん?」

「……えっと……先日の親睦会に、探偵事務所のかた来られてませんでしたね」

「ああ、このビルのオーナー?」

歩がこくりと頷《うなず》く。

「オーナーは四つ葉会の集まりには顔を出さないよ。俺もほとんどしゃべったことないんだ」

「そうなんですか……」

「もう会った?」

「はい、引っ越しの日にご挨拶を。ちょっと不思議な感じのかたですよね」

「ああ、うん」

生返事をしつつ、胸の中が不穏にざわめく。

オーナーは無愛想で人付き合いが悪く、四つ葉会では変人として知られている。しかし一部の女性を惹きつける魅力があるらしく、守屋などはたまに廊下ですれ違うとそれだけでテンションが上がると大絶賛だ。

長身でがっちりした体格以外、オーナーと雄大に共通点はない。雄大の目には悪そうな遊び人にしか見えないが、もしかして歩もああいう男が好みなのだろうか。

日頃の雄大は、この程度のことでいちいち目くじらを立てたりしない。けれど歩に関してはひどく心が狭くなるようで、嫉妬の炎がめらめらと燃え上がるのがわかった。

「――気になる?」

我ながら尖《とが》った声だった。

「えっ?　ええ、そうですね……。こないだの歓迎会でも、ミステリアスな人だって話題になっていたので」

ミステリアス――自分にはない資質だ。歩が口にした途端、その言葉が男にとって最大級の賛辞に思えてきて、雄大は視界が赤く染まるのを感じた。

胸の中に嫉妬と独占欲の嵐が吹き荒れ、体の芯が燃えるように熱くなる。

歩は自分のものだ。他の誰にも渡さない。

歩に飛びかかってすべてを奪い尽くしたい衝動を、雄大は必死で抑えた。

高校時代のあれは若さゆえの――もっと言えば、童貞ゆえの暴走だと思っていた。

年を重ね、雄大もそれなりに経験を積んできた。だからもうあんなふうに突然たがが外れるようなことは、二度とあるまいと思っていたのに――。

「すみませーん、丸菱エレベーターです。修理に伺いました。中にいらっしゃいますか？」

ふいに扉の向こうで野太い声がして、雄大ははっと我に返った。

歩がぴょこんと軽やかに立ち上がり、「はい！」と返事をする。

「お待たせしてすみません。一度電源切りますね。明かりが点《つ》いてもボタンには触れないようにお願いします」

「了解です」

雄大も立ち上がり、返事をする。

数秒後、エレベーター内の蛍光灯が消え、非常灯の弱々しい光に切り替わった。

薄闇の中、歩の緊張した面持ちがはっきりと見て取れる。天井を見上げ、それから心配そうに雄大のほうへ視線を向けてきた。

心臓が早鐘を打ち、エレベーター中に鳴り響くほどの大きな音を立てている。

先ほど芽生えた凶暴な独占欲と、慈しみ守ってやりたい庇護欲が、複雑に絡み合って体内を駆け巡る。

どちらにしても、今すぐ歩を抱き締めたい。

（早くここから俺を出してくれ……！）

自制心が残っているうちに、エレベーターが直ってくれることを祈るしかない――。

「……っ！」

ふいにあたりが明るくなり、目が眩《くら》む。

蛍光灯がつくと同時に扉が軋《きし》んだ音を立てて開き始め、外の空気がどっと流れ込んできた。

（助かった）

ふうっと大きく息を吐き、雄大は髪をかき上げた。

「ご迷惑おかけしまして申し訳ありません。お怪我《けが》はありませんか？」

エレベーターの外に立っていた作業服姿の中年男性が、雄大と歩を見てぺこりと頭を下げる。

「……はい。ありがとうございます」

雄大が動こうとしないので、歩が遠慮がちにそろりとエレベーターの箱から降りる。

一拍置いて、雄大もスーツの上着と鞄を手にエレベーターから降りた。

「電気系統の点検をしますんで、しばらくお使いいただけません」

「わかりました。よろしくお願いします。どうもありがとうございました」

礼を言って、雄大は歩と肩を並べて階段に向かった。

「それ、ひとつ持つよ」

「えっ、いいです。大丈夫です」

歩は遠慮したが、重たい紙袋をひとつ、やや強引に奪い取る。

ついでに腕時計を見やると、閉じ込められてからまだ二十分しか経っていなかった。

「思ったより早く来てくれたな」

「ほんとに……。来てくれても、すぐには開かないかと思ってました」

「あそこで夜を明かす羽目にならなくてよかったよ」

軽口を叩いてみせるが、内心はまだ動揺が収まっていなかった。

（……歩に手を出してしまう前に扉が開いてよかった）

その点は、エレベーター会社の迅速な対応に感謝だ。

三階に着くと、歩が振り返ってぎこちない笑顔を見せた。

「それじゃ、あの……どうもありがとうございました」

「いや、こっちこそ、ひとりじゃなくて心強かったよ」

未練がましい態度は取りたくなくて、紙袋を手渡してさっと踵《きびす》を返す。

四階までの階段を上りながら、雄大は頭の中で先ほどの一件についての反省会を開いた。

せっかくのチャンスだったが、親しくなれたかというとそうでもない。けれど、悪い印象も与えてはいないはずだ。

（メールアドレスくらい訊《き》いておけばよかった。いやでも、なんて言って訊き出すんだ？用もないのにいきなり訊くのは変だよな？）

いろいろ考えてみると、トータルではうまくやれたのではないかと思う。

ビルのオーナーの話が出たときはつい嫉妬心を燃やしてしまったが、今思い返してみるとどうということのない世間話だ。

(どうやら俺は、歩のことになると頭に血が上ってしまうみたいだ)

今日のことを教訓にして、急がず焦らず、落ち着いてじっくり攻めるしかない。

四階に着く頃にはすっかり前向きな気持ちになり、雄大は足取りも軽く事務所へ戻った。

◇◇◇

「……っ」

雄大と別れた歩は、真っ先にトイレに駆け込んだ。

まずは我慢していた小用を済ませ、鏡の前に立って手を洗う。

まったく、ひどい有様だ。肌は火照《ほて》って赤みが差し、目は充血し、シャツの背中は汗でじっとりと湿り、心臓はまだばくばくと音を立てている。

事務所に戻る前に、気持ちを落ち着かせる時間が必要だ。

大きく深呼吸をして、歩は鏡の中の自分に問いかけた。

(どうして僕は肝心なときにちゃんとしゃべれないんだ……)

まさか雄大とふたりきりでエレベーターに閉じ込められるなんて。

今日こんなアクシデントがあるとわかっていれば、もっと気の利いたセリフや受け答えを用意しておいたのに。

雄大は、緊張してかちこちになっている自分に気を遣ってあれこれ話しかけてくれた。なのに、ろくな返事ができなかった。それどころか、自分がいったいなんと答えたかも覚えていないくらいだ。

ふいに頭の中に雄大がスーツの上着を脱いだシーンが浮かび上がり、心臓がひときわ大きく脈打つ。

アフターシェーブローションの香りに混じって男っぽい体臭がほのかに漂ってきた瞬間、生徒会室で押し倒されたときの記憶が鮮やかによみがえってしまった。

今ここで彼に抱き締められたらどうしよう。

そう考えると、全身が総毛立つような感覚に襲われた。

あのときのようにもがき、けれど抵抗むなしく唇を奪われ……。

ぶるっと背中を震わせて、歩は洗面台に手をついて熱い吐息を漏らした。

自分は怖がってなどいなかった。それどころか期待していた。雄大に抱き締められ、キスされることを――。

(渡辺さんは僕のことなんて忘れているのに……)

あんな場所で発情して目を潤ませてしまった自分が恥ずかしい。彼に気づかれていないことを祈るばかりだ。

タオルハンカチで何度も手を拭《ぬぐ》いながら、息を整えようと浅い呼吸をくり返す。

先ほどの一件で気づいてしまった。

初恋の残像を引きずっているだけではない。今現在も、大人になった彼に恋をしている。

自分も大人になった分、高校時代よりももっと狂おしく彼を欲している……。

募りかけた妄想を蹴散らすように、歩は袖を捲《まく》って赤くなった顔を洗った。

7

エレベーターでのアクシデントは、歩との距離を縮めてくれたはずだった。

しかしあれから約一ヶ月、歩との間にはなんの進展もない。

判例の資料から顔を上げ、雄大は窓の外へ目を向けた。

どんより曇った梅雨空は、まるで今の自分の心境のようではないか――。

先週、難波が約束通りボウリング大会を開催してくれた。それはとてもありがたいことなのだが、難波は雄大が87《ハチナナ》デザインオフィスの女性社員に気があると思っている。敢えて訂正せずにそのままにしておいたので、歩とはチームも打ち上げのテーブルも別々になってしまった。

『やあ、こないだは……』

『こんにちは……先日はどうも……』

ボウリング場のロビーに集合した際、挨拶はかわした。

けれどそれ以上会話が続かず、見つめ合ってもたもたと言葉を探している間に、割り込んできた若先生に会話の主導権を奪われてしまった。

エレベーターの一件で、少しは自分の存在をアピールできたと思う。

だが、そこからどういうふうに発展させればいいのか。

（高校時代のほうが自然な感じで親交を深めてたな……）

クラス委員会を今の四つ葉会に当てはめてみる。高校時代も単に委員会で一緒になっただけだったら、あそこまで親しくなれなかっただろう。体育祭で同じチームになったことで、歩と接近することができた。

（何かこう、共同作業の場が必要だよな。たとえばバーベキュー大会の準備係とか）

しかしそれも、一回きりで終わってしまう。

もっと何か、継続的に歩と過ごす時間が必要だ――。

「渡辺先生、三時にお約束のお客さまがいらっしゃいました。会議室でお待ちいただいております」

「あ、はい」

守屋に声をかけられて、資料から顔を上げる。

先日の無料相談会で、男女交際のトラブルについて相談してきた男性だ。男性が弁護士に相談したことに立腹した女性側が、弁護士を雇って裁判を起こすと息巻いているらしい。

この仕事をしていると、さまざまな人間関係――それも目を覆いたくなるような修羅場を垣間見ることがある。今回のケースもいろいろと複雑で、難しい判断を迫られることになるだろう。

無性に歩に会いたくなって、雄大は窓の外へ視線を向けた。

贅沢は言わない。向かい合って、一緒にご飯を食べるだけでいい。

何を話していいかわからず、エレベーターのときのように互いに無口になってしまうかもしれない。歩にキスしたり抱き寄せたりしたい衝動を抑えるのも一苦労だ。

それでも雄大は、歩と一緒に過ごしたかった。

目を閉じると、この頃雄大の中に巣くっている妄想がむくむくと頭をもたげる。

四つ葉会の皆でハイキングに行き、そこで歩とふたり、はぐれてしまうのだ。道に迷い、携帯も通じず、洞穴《ほらあな》で一夜を過ごすことになり、自分は川で魚を捕ったり枯れ枝で火を熾《おこ》したりしてボーイスカウト仕込みのアウトドア術で歩を感心させる。そして雨で濡《ぬ》れた服を脱いで焚《た》き火で乾かし、寒いと震える歩の肩を抱き寄せ……。

「…………」

苦虫を嚙《か》み潰《つぶ》したような表情で、雄大は目を開けた。

そこから先は職場で妄想するには危険な領域だ。

壁の時計を見上げ、三時きっかりになったのを確認して、雄大はファイルを手に会議室へ向かった。

――一時間後。会議室を出て男性を見送り、雄大は給湯室へ向かった。

立て続けに二杯水を飲んで肩を揉《も》みほぐしていると、マグカップを手にした難波がふらりと入ってきた。

「それで？」

「……え？　ああ、先ほどのお客さんなら、正式に依頼をいただきました」

振り返って答えると、難波がにやりと笑みを浮かべた。

「じゃなくて、先週のボウリング大会の件だよ」

「……ああ」

苦笑して、空になったグラスをシンクに置く。

87デザインオフィスには独身女性がふたりいる。難波が気をまわし、雄大はそのふたりと同じチームになった。あみだくじで決めたはずなのに、だ。

「おまえが狙ってるの、どっち？」

声を潜め、難波が雄大の顔を覗《のぞ》き込む。

「いや別に、狙ってるってわけじゃ……」

「話してみたら、いまいち合わない感じだったとか？」

「……そんなところですかね」

「悠長なこと言ってたら先を越されるぞ。髪の長いほうの子、出版社の営業くんが目をつけてるみたいだし」

「難波さんは最近どうなんです？」

話をそらそうと、雄大は難波を見下ろした。

難波が顎《あご》を反らし、思案するように視線を宙にさまよわせる。

「……一応、相手は見つかった」

「へえ、いつのまに？　どこで知り合ったんです？」

「知り合ったというか、再会かな。大学の同級生なんだ。病院で偶然会って……」

「病院って、もしかしてこないだ自転車でこけたときのですか？」

「そう」

難波が決まり悪そうな笑みを浮かべる。

先月難波は、自転車に乗っていた際に車を避《よ》けようとして転んで額を擦り剝《む》いた。額に大きな絆創膏《ばんそうこう》を貼った難波はイケメン台無しで、しばらくの間会う人会う人にからかわれていた。

「大学の同級生ですか。じゃあお互い知ってるわけだし、誘ったりしやすいですね」

難波が大学時代の同級生と再会してつき合っていると知り、俄然興味が湧《わ》いてきた。何か参考になるのではと思い、話を聞き出そうと水を向ける。

「それが、そうでもないんだよ。いろいろあったからさ……」

難波がため息をつく。いつも余裕綽々《しゃくしゃく》の難波らしからぬ、憂いを含んだため息だ。

「もしかして、大学時代につき合ってた人ですか？」

「おっと、電話だ。失礼」

スマートフォンが鳴り出し、難波がこれ幸いとばかりにくるりと背中を向ける。

「その話、今度詳しく聞かせてください」

雄大の言葉に、難波は黙って手のひらを振ってみせた。

（……元カノか。意外な感じだな）

難波は、恋愛に関しては良くも悪くも執着心のない男だ。

決して遊び人というわけではない。二股をかけたりセフレ扱いしたりといったことはしないので、今どきの男としては誠実なほうだろう。

ただし結婚する気はないようで、後々トラブルにならないよう相手にもそういうタイプを選んでいる。

あっさりした、淡泊な恋人関係。いつだったか酒の席で、「自分はそういうつき合いしかできない」と言っていたことを思い出す。

いい悪いは別として、それが難波がこれまでの経験から導き出したやり方なのだろう。

自分の経験を振り返り、雄大は眉間《みけん》に皺を寄せた。

——高校の卒業式で失恋が決定的になり、一時期雄大は自暴自棄になっていた。大学に入学して間もない頃、言い寄ってきた女性に「きみのことは好きになれないかもしれないが、それでもいいならつき合う」と言って引っぱたかれた。

しかし世の中にはそれでも構わないという女性もいる。そういう女性と、雄大は自身が軽蔑していたはずの〝恋愛感情抜きの関係〟を楽しむことにした。

セックスは、思い描いていた素晴らしい体験とはほど遠かった。

単にその彼女と相性が悪かっただけなのかもしれない。そう考えて、別れてすぐに他の女性ともつき合ってみた。けれど結果は同じで半年もしないうちに別れることになり、だめ押しのようにアルバイト先で知り合った女性と誘われるままに関係を持ち……。

次第に好きでもない女性と一緒にいることが苦痛になり、司法試験に合格したのを機にセフレとの関係を清算した。

(俺の経験はろくなもんじゃないな……)

真面目《まじめ》な交際をしたことがないので、いざ本気でものにしたい相手が現れたとき——それが自暴自棄になるきっかけになった歩というのが皮肉な話だが——どうしていいかわからない。

物思いに耽《ふけ》っていると、雄大のスマホも鳴り出した。

法務局から、先日申請した書類ができあがったので取りに来いというお達しだった。ちょうど弁護士会館にも用事があるので、これからひとっ走り行ってくることにする。

守屋に行き先を告げ、雄大は事務所をあとにした。


法務局で書類を受け取り、弁護士会館の資料室で調べ物をしてコピーを取り、外に出たのは七時をまわった頃だった。

今日は蒸し暑い一日だった。この時間になっても、アスファルトはまだ熱をはらんでいる。

ネクタイを少し緩めてワイシャツの袖をまくり、雄大は県庁通りを闊歩《かっぽ》した。

このあとは特に予定はない。事務所に戻って一通り書類に目を通したら、久しぶりにフォルトゥーナで軽く一杯やって帰ろうと考える。

四つ葉ビルヂングの近くまで戻ったところで、通りの向かい側に見覚えのある後ろ姿を発見し、雄大は立ち止まった。

（……あれは……）

間違いない。歩だ。仕事帰りらしく、カーキ色のナイロンバッグを斜めがけにしている。

道を渡って声をかけるというのはどうだろう。しかし、なんと言って？

（俺ももう帰るところだから、一緒に晩飯どう？　なんてのは、ちょっと無理があるか……）

逡巡《しゅんじゅん》しているうちに、歩が向かっているのは路面電車の乗り場とは逆方向だということに気づいた。

何か用事があるのかもしれない。買い物とか……誰かと待ち合わせとか。

（……いやいや、いくらなんでもあとをつけるのはまずい）

心に浮かんだ尾行という文字を慌てて打ち消し、しかし名残惜しいような気持ちでその場に立ち尽くす。

ふいに歩が立ち止まり、通りに面した店のウィンドウを覗き込む。

（あそこは……確か不動産屋だったな）

よくある町の不動産屋だ。ウィンドウには賃貸物件の案内が所狭しと貼られている。

すぐに立ち去るかと思ったが、歩は熱心に貼り紙に見入っていた。

——倉咲のアパートから、こっちに引っ越す気になったのかもしれない。

考えるよりも先に、足が動いていた。青信号が点滅している横断歩道を走って渡り、大きく息を吐いてからのしのしと不動産屋へ向かう。

「……あ」

雄大が声をかけるよりも早く歩が振り返り、驚いたように目を見開く。

「やあ……」

言葉が続かないのはいつものことだ。せめて最初のセリフを考えてから道を渡るべきだった。

「……お仕事帰りですか？」

意外にも、歩のほうから先に尋ねてくれた。

「ああ、いや、出先から戻ってきて、今事務所に戻るところ」

言ってから、自分の言葉の矛盾に気づく。事務所へ戻ると言いつつ、四つ葉ビルヂングを通り過ぎているではないか。

「いやあの、きみがいるのが見えたから。アパート探してるの？」

早口でつけ加えて矛盾を解消し、賃貸物件の貼り紙へ視線を向ける。

暗くなりつつある空の下、歩が眩《まぶ》しそうに目を細めて雄大を見上げた。

「はい……急に今のアパートを出て行かなくてはならなくなって」

「どうして？」

「一昨日アパートで火事があったんです」

「ええっ、それは……災難だったな」

驚いて、雄大は言葉を詰まらせた。

歩の身にそんな大変なことが起きていたとは知らなかった。知らずに過ごしていたことに、苦い気持ちが込み上げてくる。

「それで、大丈夫だったのか、その……」

「ええ、平日の昼間で外出している人が多かったので、住人はみんな無事でした」

「きみの部屋は？」

「火事の起きた部屋とは離れていたので、延焼は免れました。ただ、床が水浸しになってしまって」

「じゃあ家具とか家電とか、結構被害が大きいだろう」

「はい。そのへんは保険でカバーしてくれるみたいですけど……」

言いながら、歩が貼り紙に視線を戻す。

気丈に振る舞っているが、内心は大いに混乱していることだろう。

今も火事のあったアパートに寝泊まりしているのだろうか。そんなところに歩を帰したくない。

「もしよかったら、うちに来ないか」

無意識に歩ににじり寄り、雄大は掠《かす》れた声で問いかけた。

歩に同居を持ちかける——歩がアパートを探しているらしいと知ったときから心の中で決めていた。

他人とシェアする気はまったくなかったのだが、歩となれば話は別だ。

同居、これぞ理想的な共同作業の場ではないか——。

「え……？」

雄大を見上げた歩の瞳が、困惑したように左右に揺れる。

しまった。うちに来いなどとストレートな言い方をしなくても、もっとスマートな言いまわしがあったのではないか。例えば「ちょうどよかった。俺んち今ルームメイト募集中なんだ」とか、そんな感じの。

「えーと……俺、一軒家を借りて住んでるんだ。この春まで従弟《いとこ》とシェアしてたんだけど、就職して引っ越していったから、今は俺ひとり」

「そうなんですか……」

歩の表情は、喜んでいるというより戸惑っている様子だった。

それはそうだろう。まだ二、三回しか話したことがない（と歩は思っている）男に、いきなり同居を持ちかけられるなんて。

「返事はすぐにじゃなくて構わない。もしなんだったら、次のアパートを探すまでの一時的な避難でもいいし」

断られたくない一心で、必死で言い募る。

「場所は鳥居川《とりいがわ》を渡った向こうの風見町《かざみちょう》。俺は自転車だけど、バスでも通える。平屋で、間取りは……今度図面持ってくる。いやそれより実際見てもらったほうがいいな。一度、見に来ないか」

勢い込んでまくし立てると、一拍置いてから歩がこくりと頷いた。

「ええ、あの、ぜひお願いします」

心の中で、高らかにファンファーレが鳴り響いた。

善は急げ。歩の気が変わらないうちに、約束を取り付けなくては。

「土曜日は？」

「はい、大丈夫です」

「じゃあ土曜日に車で迎えに行く。時間とか、あとで相談しよう」

「はい。あ、連絡先聞いてもいいですか」

斜めがけにしたバッグの中から、歩がスマートフォンを取り出す。

再びファンファーレが鳴り、雄大もポケットからスマホを取り出した。

歩がスマホを操作している間、雄大はそのほっそりと華奢《きゃしゃ》な指に見入った。腕時計の巻かれた細い手首、七分袖のモスグリーンのTシャツ、そのVネックの襟元へと、ついつい舐《な》めるように視線を這わせてしまう。

ふと、雄大の心に不安の黒雲が広がった。

歩と同居などして、果たして自分の理性は保《も》つのだろうか。またたがが外れて暴走し、歩に嫌われてしまったら……。

「僕のほうは何時でも構いません。渡辺さんの都合のいい時間にしてください」

つぶらな瞳が雄大を見上げる。

心なしかその頬が紅潮しているように見えて、雄大はごくりと唾を呑み込んだ。

同居というこの上ないチャンスを棒に振るなど、自分にはできそうにない。

ここはひとつ、修行僧になったつもりで耐え抜くのだ。

「了解。あとで電話するよ」

精一杯爽やかな笑顔を作って、雄大はくるりと踵を返した。

◇◇◇

（どうしよう、どうしよう、すごく嬉《うれ》しい……！）

倉咲駅からの帰り道、歩は緩みそうになる頬を必死で引き締めた。

まるで雲の上を歩いているかのように、足取りがふわふわと覚束《おぼつか》ない。

思いがけない雄大からの同居の申し出。『もしよかったら、うちに来ないか』という言葉が、くり返し頭の中で鳴り響く。

つい二時間ほど前まで、突然アパートから引っ越さなくてはならなくなったことで落ち込んでいたのが嘘のようだ。

角を曲がると、正面にアパートの白い建物が見える。

全十戸の小綺麗《こぎれい》な木造アパートだ。しかし今は二階の半分ほどが青いビニールシートで覆われており、一階の外壁も煤《すす》で汚れて見る影もない。

火事があったのは二階の右端の205号室、歩の部屋は一階の左端からふたつめの102号室。雄大に話したように延焼は免れたが、天井から水が漏れて結構悲惨なことになっている。

一昨日の夕方、アパートの大家から電話がかかってきて火事があったことを知り、定時に上がらせてもらってすっ飛んで帰った。

出火原因は漏電だったらしい。古いコンセントの周囲が激しく焼けていたそうだ。

二階の203号室から205号室まではほぼ全焼、その下の部屋も半焼、なんとか無事だったのは201、101、そして歩の住む102号室だけだ。

とはいえ室内は水浸しで、とても足を踏み入れられる状態ではなかった。雄大には言わなかったが、貴重品と着替え、洗面道具だけ持ち出し、一昨日から倉咲駅前のビジネスホテルに宿泊している。

「ああ、小谷《こたに》さん、ちょうどよかった。保険の件で電話しようと思っていたところだ」

ドアの前に立ってバッグの中の鍵を探していると、大家に声をかけられた。

「こんばんは……」

「明日の朝九時に保険会社の担当者が来ることになったんだ。現場を見てもらって、あなたの部屋の被害状況も確認してもらうから、立ち会ってもらえるかね」

「ちょっと待ってください、職場に確認してみます」

事務所に電話をかけると、まだ残っていた社長がすぐに応対に出てくれた。午前中半日休暇を取らせてもらえることになり、礼を言って通話を切る。

「はい、大丈夫です。九時にここに来ます」

「次のアパートは見つかりそうかね？」

大家が心配そうに歩の顔を覗き込む。七十歳はとっくに過ぎているが、背筋の伸びたかくしゃくたる老人だ。この大家がビジネスホテルの手配もしてくれて、当座の生活に必要だろうからと敷金も全額返金してくれた。

「ええ、おかげさまで。職場の知り合いが、ちょうど同居人を募集していたんです」

「それはよかった。じゃあまた明日」

「はい、失礼します」

ぺこりと頭を下げて、歩は自室の鍵を開けた。

床の水はほとんど乾いているが、まだ煙の匂いが残っている。電気がつかないので懐中電灯で足元を照らし、歩はそろりと室内に足を踏み入れた。

家電製品はほぼ全滅、といってもほとんどが中古で買った物なので、被害額はさほど大きくない。ノートパソコンが使い物にならなくなったのは残念だが、当分の間は職場のパソコンだけでなんとかなりそうだ。

クローゼットを開けて、持参したエコバッグに着替えを詰め込む。お気に入りのマグカップも持って行くことにして、Tシャツでくるんでバッグに入れる。

最後に本棚の前に立ち、歩はため息をついた。いちばん下の段のデザインや美術関係の雑誌は水浸しで、これはもう諦《あきら》めるしかないだろう。

（ま、いいか……。県立図書館にバックナンバー揃ってたし）

上の段の本を何冊か引っ張り出してみると、背表紙が濡れただけで中身はだいたい無事だった。しかしこれも、引っ越しを機にある程度処分しようと考える。

「そうだ、卒アル……」

大事な卒業アルバムのことを思い出し、歩は本棚を上から下まで見下ろした。数秒後、アルバムが大きすぎて本棚に収まらなかったことを思い出し、クローゼットの衣裳ケースを順に開けてゆく。

「あった」

冬物の衣類の下に、小学校から大学までの卒業アルバムが重ねてあった。そんなところにしまっておいたのを、自分でもすっかり忘れていた。

本棚に入らなかったことが幸いし、アルバムは水に濡れることなく無事だった。高校のアルバムを手に取り、キッチンの椅子に腰かける。

クラスの集合写真、修学旅行や部活動の写真……そして、三年間の体育祭や文化祭の写真。

一年生のときの体育祭のページに、ぎくりとして手を止める。

そうだ、ここには雄大の唯一の写真が載っているのだった。

テントを設営する風景を写したスナップ写真、その中にジャージ姿の雄大が小さく写っている。

無意識に、歩は雄大の姿を指でなぞった。

高校を卒業して一、二年は、よくこうしてアルバムを開いて思い出に浸っていたものだ。

やがて初恋の思い出は心の奥底へ深くしまい込まれ、ここ何年かは実家からアルバムを持ってきていたことも忘れていた。

ジャージ姿の雄大を見つめていると、つい先ほど不動産屋の前で話をした雄大の姿に重なってゆく。

信じられない。自分がもうすぐこの初恋の人と同じ家に住むなんて……。

(どうしよう……これ以上知らないふりをするのは不自然だろうか)

しかし打ち明けたら、きっと雄大の負担になってしまう。

同居ではなく、単なるルームメイトだと思えばいい。テレビでルームシェアをしている若者たちの番組を見たことがあるが、ほとんど会話もなく互いに干渉しないケースもあった。

「……っ」

ふいにバッグの中でスマホが鳴り出し、びくりと体を竦ませる。

慌てて取り出して画面を見ると、登録したばかりの雄大の番号だった。

「はい……っ！」

『ああ……渡辺です。今いいかな』

電話を通して耳に響く声に、じわっと頬が熱くなる。

「はい、大丈夫です……！」

『うちを見に来る話、土曜日の朝十時でどう？』

「はい、ええ、あの……っ」

胸に手を当てて、歩は気持ちを落ち着かせようと浅い呼吸をくり返した。

「そのことなんですけど、もし……もしも差し支えなければ、土曜日に引っ越しさせていただけませんか」

一瞬の沈黙。きっと電話の向こうで、雄大は歩の図々《ずうずう》しい申し出に面食らっているに違いない。

『……ああ、構わない。うちは全然』

「すみません、急にこんなこと言って」

『いやほんと、早いほうがいいもんな。荷物はどれくらいあるの？』

急いで部屋を見渡し、何を持って行くか考える。

「家具や家電は全部処分するので、ダンボール箱で五つくらいだと思います……」

『じゃあ俺の車になんとか乗せられそうだな』

「ほんとに……いいんですか？」

『ああ、いいよ。うちは大歓迎だ』

その言葉に、歩はほっと胸を撫《な》で下ろした。

雄大は口先だけのお世辞は言わないタイプだ。あれから八年経っているので今はどうかわからないが、多分そういうところは変わっていないような気がする。

「それであの、家賃のことですが」

『ああ、それを言うのを忘れていた。うちの家賃は九万だけど、来てもらえばわかるが、俺が二部屋使ってるんだ。だから従弟とシェアしてたときも二対一の割合で払ってた。月三万、いいかな？』

「いいんですか？」

三万円なら、今のアパートの家賃よりもずっと安い。

『光熱費とか食費とかについてはおいおい決めよう。ああそれと、従弟が使ってたベッドと布団がそのまま置いてあるんだ。それほど傷んでないし、シーツやカバーは新品の買い置きがあるから、とりあえずはそれ使ってもらえる？』

「すごく助かります。布団は全部だめになっちゃったので」

『……てことは、今どうしてるんだ？』

雄大に問われ、しまったと思ったがもう遅い。

「えっと……ビジネスホテルに泊まってます」

『じゃあ土曜と言わず、明日の夜からうちに来ればいい』

雄大の申し出に、歩は驚いて目をぱちくりさせた。

「いえ、そんな、いいです」

慌てて歩は辞退した。まだ心の準備ができていない。土曜日までの二日間、少し気持ちを整理しなくては。

『遠慮しなくていい』

「いえほんとに……荷造りしないといけないし、それに、明日の夜は母が来ることになっていて」

嘘ではない。火事の件を両親に連絡すると、心配した母が会いに来ると言い張ったのだ。

離婚後、母は愛媛の実家に戻り、両親――つまり歩の祖父母と一緒に暮らしている。父はしばらく花丘にいたが、転勤で今は東京だ。

『そうか……じゃあ土曜日に』

「はい、どうもありがとうございます」

通話を切ったあとも、まだ心臓がどきどきしていた。

テーブルにスマホを置き、懐中電灯のスイッチを切って、剝き出しのマットレスの上に仰《あお》向《む》けに寝転がる。

生乾きのマットレスは、体育倉庫のような埃《ほこり》っぽい匂いがした。その匂いが高校時代の記憶を鮮やかに浮かび上がらせ、電話の声と一緒になって歩の官能を刺激する。

——土曜日の夜には、雄大と同じ家で眠りに就くのだ。

多分、緊張して眠れない。一晩中雄大が同じ家にいることを意識して、ほんのちょっとした物音にもびくびくして……。

（……あ……）

脚の間に、じんわりと熱が集まり始めていた。

身じろぎして内股を擦り寄せ、吐息を漏らす。

いつもの妄想——雄大の大きな手を思い浮かべかけ、慌てて歩はそれを振り払った。

いけない。自分はこれから彼と一緒に住むのだ。同居人を思い浮かべながらマスターベーションするなんて、破廉恥きわまりない行為だ。

そう考えて自分を戒めるが、体はそれを無視してどんどん高ぶってゆく。

「……っ」

ズボンの上から押さえてやり込めようとするが、逆効果だった。先端が濡れる感触に、急いでベルトを外す。

下着を汚したくない。それに、今はまだひとりだ。彼に声を聞かれる心配もない……。

暗闇の中、ごそごそとズボンと下着を脱ぎ捨てる。

シャツの裾から手を差し入れ、歩は平らな胸をまさぐった。感じやすい乳首がつんと尖り、さらなる刺激を欲しがってはしたなく疼《うず》く。

「……ん……っ」

左手で乳首をつまみながら、右手を股間に伸ばす。

ペニスはすっかり硬くなっており、しかも驚くほど熱く濡れていた。

「……ん……うっ、ん……っ」

声を押し殺し、濡れたペニスを上下にしごく。

雄大と再会してから、もう何度も彼を思い浮かべて淫《みだ》らな行為に耽ってしまった。そのたびに罪悪感と後ろめたさに苛《さいな》まれているのに、夜ごと体が疼いてしまう。

今夜は特に敏感になっている。もうすぐ彼と同居できるという高揚感と、いけないことをしている背徳感。

もしも雄大に見つかってしまったら、いったい彼はどんな反応をするだろう。

決して見られたくないはずなのに、心のどこかで見られることを望んでいるような気がする。

大人になった自分を見て欲しい。あの頃とは違う自分を……。

「ああ……っ」

部屋のドアが開き、雄大が入ってくるところを想像して、歩は艶《つや》めいた声を上げた。

脚を広げ、尻の奥の恥ずかしい場所へ指を伸ばす。

男同士のセックスの方法を、歩は高校三年生のときに初めて知った。それまでは、ただ性器を擦り合わせるだけだと思っていた。挿入するやり方を知って以来、自分が雄大にそれをされているところを何度も想像し……。

「あ、い、いや……っ」

理性が、破廉恥な行為をやめさせようとしている。

けれど先走りで濡れた指は、男を受け入れるための場所をなぞるのをやめようとしなかった。

「……ん、ん……っ」

指を入れるのはまだ怖い。そんなことをしなくても、あれこれ想像しながら入口の襞《ひだ》をまさぐるだけで、充分に気持ちいい。

「あ……、あ、あああ……っ！」

禁忌の蕾《つぼみ》を弄りながら、歩は性器に触れることなく絶頂を迎えた――。

8

「これで全部かな」

「はい。これが最後です」

車のトランクからダンボール箱を取り出した歩が、振り返って頷く。

――閑静な住宅街に建つ、古風な一軒家。

愛車のツーリングワゴンの横に立ち、雄大は荷物を運ぶ歩の後ろ姿に目を細めた。

いよいよ今日から同居が始まる。

気分は期待と高揚が八割、緊張と不安が二割といったところだろうか。

（……大丈夫だ。俺が自分を抑えて、妙な真似をしなければ）

しかし早くも自信が揺らぎつつあった。

倉咲市の歩のアパートから花丘市の自宅までの車中、最初の十分ほどは無難な雑談をかわしていたのだが、やがて話題が尽きてしまった。

『寝てていいよ。疲れてるだろう』

眠そうな表情の歩に声をかけると、歩は恥ずかしそうに手の甲で目を擦《こす》った。

『いえ……』

しかし花丘市に着く頃には睡魔に負けてしまったらしい。シートにもたれて無防備な寝顔を見せる歩に、雄大は体中の血がざわめくのを感じた。

赤信号で停車するたび、うっすら開いた唇やシャツの襟元から覗く白い首筋にキスしたい衝動に駆られ……。

眉根を寄せて、ため息をつく。

当分しなくて済むようゆうべしっかり抜いたはずなのに、ジーンズの前が少々きつくなってしまった。運転しているうちになんとか収まったが、まだ腰の辺りに興奮の名残がわだかまっている。

(今思い出すな。思い出すのは、夜になって自分の部屋にこもってからだ)

目の前にちらつく歩の寝顔を振り払い、雄大は開け放した玄関へ向かった。

雄大が借りているのは、古い民家をリノベーションした物件だ。外観は純和風だが、内部はすべて床張りで洋風になっている。

天井は梁《はり》が剝き出しになっており、壁には珪藻土《けいそうど》が使われていて、なかなか洒落《しゃれ》ている。

中でもいちばん気に入っているのは浴室だ。広々した浴槽は大人ふたりが一緒に入れるほどの大きさで……もちろん誰かと一緒に入ったことなどないし、従弟と一緒に入りたいとは毛の先ほども考えたことがなかったが、歩が引っ越してくることが決まってからというもの、淫らな妄想が止めどなく溢れ出している。

（だめだだめだ、歩に気づかれないようにしないと……！）

破廉恥な妄想に蓋《ふた》をして、雄大は真面目な好青年の仮面を装着した。

開け放した歩の部屋の前に立ち、軽く扉をノックする。

「ちょっと休憩しよう。コーヒー淹《い》れるよ」

「あ、はい」

ダンボール箱から取り出した衣類をベッドに並べていた歩が、顔を上げて頷く。

「ここ、台所が広いんですね」

雄大に促されるままにキッチンのカウンターに浅く掛けた歩が、感心したように辺りを見まわす。

「ああ。だけど宝の持ち腐れで、ほとんど使ってないんだ。俺も従弟も料理と言えばせいぜい鍋くらいで。きみは？　自炊してるの？」

コーヒーメーカーをセットしながら、雄大は尋ねた。

「半々ですね……。休みの日にまとめて作って冷凍庫にストックして、それがなくなったら弁当とかテイクアウトとか」

「すごいな。ちゃんと作るんだ」

「いいえ、そんな凝ったものじゃないです。カレーとかスープとか……」

歩が恥ずかしそうに睫毛を伏せ、胸の前で小さく手を振る。そんなちょっとした仕草にまで見とれてしまいそうになり、いやらしい目つきで見るなと自分を戒める。

「……えーと、砂糖とミルクは？」

マグカップにコーヒーを注いで、歩の前に置く。

「あ、結構です。僕だいたいブラックなので」

「俺もだ。よかった、実は砂糖を切らしてる」

歩が小さく声を立てて笑い、その笑顔にどきりとする。

まったく、先が思いやられる。歩の手料理など食べた日には、嬉しさのあまり熱が出るのではないだろうか。

「あの……家事の役割分担はどうしてたんですか？」

歩の質問に、雄大は緩みかけていた表情を引き締めた。

「従弟と住んでたときは、共用部分の掃除とゴミ出しは一週間ごとに交替してた。学生と社会人じゃ生活時間帯が合わないこともあって、食事はほぼ別々だったな。食材も各自買うことにして。けどまあ身内だったから、あんまり厳密にしないで臨機応変にやってた」

「じゃあ……とりあえず僕もそのやり方でいいですか？」

「いいよ。洗濯機とリビングのテレビは自由に使って。録画もばんばんしてくれて構わないから。あとはまあ、一緒に暮らしながらその都度考えていこう」

「はい」

「それと……訪問者のルールだけど、親兄弟、親戚以外の女性は立ち入り禁止なんだけど、いいかな」

「はい、全然」

歩の顔をちらりと見て、雄大は気になっていたことを切り出した。

「同居する上で一応確認させてもらいたいんだが、つき合っている人はいる？」

その質問に、歩の白い頬がぱあっと赤くなった。

「いえ、いません……」

歩がフリーであることを確認して、雄大はほっと胸を撫で下ろした。多分いないだろうとは思っていたが、それでも本人の口から聞くと安心する。

「俺もいないい。ああ、事前に知らせてくれれば、友達は遠慮なく連れてきていいから」

自分もフリーであることをさりげなくアピールし、歩の反応を窺う。

けれどそれに対するコメントはなく、歩はただ「はい」と頷いただけだった。

「……で、今夜の夕食だけど、寿司は好き？」

「はい、大好きです」

「よかった。近所に美味《うま》い寿司屋があるんだ。あとで一緒に行こう」

前々から準備しておいたセリフを、いかにも今思いついたかのように口にする。

念のため、店には予約を入れてある。更には歩が寿司が苦手だった場合に備えて、洋食や和食の店も何店かリサーチ済みだ。

同居初日、そして再会してから初めてのデートを、失敗するわけにはいかない。

「家の中を案内するよ」

極力紳士的な笑みを浮かべて、雄大はマグカップをテーブルに置いた。


リビングのソファに座って新聞を眺めながら、雄大は落ち着かない気分で壁の時計を見上げた。

午後十一時十五分。もうすぐ歩との同居一日目が終わろうとしている。

(ここまでは上々な滑り出しだ)

新聞を畳んで膝の上に置き、雄大は満足げな笑みを浮かべた。

寿司屋での夕食は、終始和《なご》やかな雰囲気だった。

日本酒を酌《く》み交わし、美味い寿司に舌鼓を打ち……酒のおかげか歩もリラックスした様子で、互いのひとり暮らしでの失敗談で話が弾んだ。

あまり強くはないが、歩はアルコールは結構好きだと言っていた。休日は家で晩酌もするらしい。

可愛らしかった高校時代を知っているだけに、歩の晩酌姿を想像するだけで口元が緩んでしまう。

平日は無理かもしれないが、休日は極力家で夕食をとろうと心に決める。

（いやいや、平日もこれまでは週に何度か外食してたけど、何か買って帰れば一緒に食べられるかも）

歩と「ただいま」や「おかえり」を言い交せる生活。なんという、身に余る幸せだろう。

（同居しているうちにだんだん仲良くなって、そのうち〝同棲〟に……）

都合のいい展開を妄想し、鼻の穴がぷっと膨らむ。

とにかくまずは歩の信頼を得ることだ。懇《ねんご》ろになるまでは、いやらしいとかきもいとか思われないよう細心の注意を払わなくてはならない。

廊下の奥で浴室の扉が開く音がして、慌てて雄大は新聞をがさがさと広げた。

「上がりました……あの、お風呂の窓は開けておきますか？」

「ああ、開けっ放しで構わない――」

新聞から顔を上げた雄大は、危うく息が止まりそうになってしまった。

上気した白い肌、まだ少し湿り気を帯びた髪……明るいブルーのシャツパジャマの生地は普段着と比べると格段に薄くて頼りなく、その下の裸体を意識せずにはいられない。

（う……っ）

風呂上がりの歩は想像していた以上に色っぽくて、雄大の理性を一瞬にして粉砕した。

全身の血が集まり、性器がむくむくと頭をもたげてゆく。

まずい。パジャマ代わりのグレーのスウェットは、股間の膨らみを隠してはくれない。

「ええと……俺は先に寝かせてもらうよ。冷蔵庫の中にミネラルウォーターとかオレンジジュースとかあるから、遠慮なくどうぞ」

畳んだ新聞で前を隠しながら、ぎくしゃくと立ち上がる。

「はい……ありがとうございます。おやすみなさい」

「ああ、おやすみ」

くるりと背を向けて、足早に寝室へ向かう。

（なんてこった……）

ドアを閉めて、雄大はずきずきと疼く股間を見下ろした。

スウェットの前が、猛々《たけだけ》しく盛り上がっている。こんなものを歩に見せるわけにはいかない。

（今の態度、すごく素っ気なくて、不自然だったよな）

後ろ手にドアの鍵を掛け、ベッドに仰向けに倒れ込む。

しばらくの間、雄大は身じろぎもせずに耳をそばだてた。

キッチンの水が流れる音、足音を立てないようにそっと廊下を歩く気配——やがて歩が、廊下を隔てた向かいの部屋に入ってドアを閉めるのがわかった。

「…………」

むくりと起き上がり、まずはスウェットを脱ぎ捨てる。

風呂上がりに着替えたばかりのボクサーブリーフに、早くも先走りの染みがにじんでいた。ウエストのゴムに手をかけてずり下ろすと、勃起した太いペニスがぶるんと勢いよく飛び出す。

（わかってるのか？　まだ初日だぞ？　向かいの部屋には歩がいるんだぞ？）

そそり立つ愚息を見下ろして心の声で叱りつけるが、興奮は一向に収まらなかった。

このまま我慢することなどできそうにない。今抜いておかないと、夢精でシーツまで汚してしまいそうだ。

ベッドに横たわり、ティッシュの箱を引き寄せる。

目を閉じて、雄大は硬い屹立を握った。

瞼に、先ほど目にしたばかりの歩のパジャマ姿が浮かび上がる。

妄想の中では、雄大は部屋に逃げ込んだりはしない。キッチンで水を飲む歩の背後へつかつかと歩み寄り、その細い腕を摑《つか》んで振り向かせ……。

『雄大さん……？』

歩が戸惑ったように雄大を見上げる。

潤んだ瞳に煽《あお》られて、乱暴な手つきでパジャマの前を左右に開く。

『ああ……っ』

歩が甘く掠れた声を上げる。

いつもの妄想と違って、嫌がっている様子はない。それどころか瞳は欲情に潤み、薄桃色の乳首はぷっちりと尖って愛撫を待ち侘びている。

『こんなに硬くなってるぞ』

現実にはとても言えそうにないセリフを囁《ささや》き、指先でこりこりした肉粒を弄《もてあそ》ぶ。

『あ、そこ、もっと触って……っ』

『気持ちいいか?』

『ん、気持ちいい……っ、あ、ああ……っ』

歩がとろけるような表情で喘《あえ》ぎ、雄大の首に手をまわす。そして自ら唇を寄せて、雄大の耳元でそっと囁くのだ。

『……雄大さんが欲しい……』

体の芯で、マグマが爆発する。

(歩、歩……っ!)

声を押し殺しながら、雄大は歩の中に入るところを想像しながら己の剛直を擦り立てた。

ゲイビデオで見た男同士の交わりの映像が、頭の中で自分と歩の行為に変換される。歩はどんな声を上げるのだろう。どんな表情で絶頂を迎えるのか──。

「……っ！」

すんでのところで呻《うめ》き声を堪《こら》え、雄大はどろりとした精液を手のひらで受けとめた。

荒い息をくり返してしばし余韻に浸り、それから罪悪感と虚《むな》しさに苛まれつつ汚れた場所をティッシュで拭う作業に取りかかる。

（初日からやっちまった……）

パジャマ姿だけで勃起してしまうなんて、先が思いやられる。

しかもこれから季節は夏だ。薄着の歩を想像し、期待と困惑が入り乱れた感情が押し寄せてくる。

「……あー……」

白いTシャツにショートパンツ姿の歩が目に浮かんでしまい、気の抜けた声を漏らす。

ばたりとベッドに仰向けに倒れ込み、雄大はしばし自己嫌悪に浸ることにした。

9

――月曜日。いつものように自転車で出勤し、四つ葉ビルヂングの裏にある駐輪スペースに愛車を停《と》める。

時刻は七時十五分。いつもより一時間ほど早いので、駐輪スペースもその向かいの契約駐車場もがらがらだ。

通用口の扉もまだ施錠されており、雄大は久々に暗証番号を入力してロックを解除した。しんと静まり返ったロビーに、自分の靴音だけがやけに大きく響き渡る。

歩の勤務する87デザインオフィスは、四つ葉法律事務所と同じく九時始業らしい。事務所に八時半に着くように、バスの時刻表を調べていた。

雄大もいつもそれくらいに出勤しているので、一緒に朝食をとる時間は充分にあったのだが……。

『今日はちょっと、やらなきゃならないことがあるから早めに出る』

寝室から出てきた歩にそう言って、そそくさと支度をして家を出た。

（なんか……これって歩から逃げてるみたいだな）

階段を上りながら、雄大はため息をついた。

同居は素直に嬉しいが、家でふたりきりという状況は思っていた以上につらい。

今の自分は、美味《おい》しそうなうさぎを目の前にして涎《よだれ》を垂らしている狼だ。

いや、狼なんてかっこいいものではない。狼なら本能のままに、とっくにうさぎに食らいついているだろう。自分の場合、せいぜいお行儀のいい飼い犬といったところか。飛びかかって貪《むさぼ》り食らう勇気もなく、うさぎの匂いを嗅《か》いでは空腹に身悶えている。

うさぎに気に入られたくていい子にしている大型犬を思い浮かべ、雄大はその間抜けな姿に苦笑した。

四階の法律事務所の鍵を開け、まずは窓を開けて土日の間にこもった空気を入れ替える。

パソコンを起《た》ち上げてメールの返事を打ち、判例を読んで付箋を貼っていると、守屋が出勤してきたらしく給湯室からコーヒーの香りが漂ってきた。

続いてふたりの事務職員、難波、三宅《みやけ》と平松《ひらまつ》がやってきて、四つ葉法律事務所の一週間が始まりを告げる。

「みんな揃ってるな。ちょっと早いけど四十五分からミーティングにしよう」

「はい」

三宅の号令に、ファイルを携えて会議室に向かう。

それぞれが担当している案件の進捗《しんちょく》状況を報告し、今週の予定を確認して、ミーティングは二十分ほどで終わった。

「あの、すみません、ちょっといいですか」

会議室を出て行こうとする三宅と平松を、雄大は遠慮がちに呼び止めた。

「なんだね？」

「プライベートなことで恐縮ですが、一応報告しておこうと思いまして。土曜日から87デザインオフィスの社員の小谷くんと同居することになりました」

「同居？　そりゃまたどうして」

三宅が怪訝そうな顔をする。

「小谷くんが住んでいたアパートが火事で半焼して、取り壊しのために早急に引っ越さなくてはならなくなったんです。ちょうど自分のところは従弟が出て行って部屋が空いていたので、ルームシェアすることにしました」

「火事って、小谷くん大丈夫だったの？」

守屋が心配そうに眉根を寄せる。

「ええ、幸い怪我人はなかったそうです。小谷くんの部屋は焼けなかったんですけど、水浸しで電気もいかれてしまって」

「それは大変だったな……。小谷くんて、デザイン事務所のいちばん若い子だっけ？　細くて色白の……」

　平松に問いかけられて、こくりと頷く。

「そうです」

「個人的な知り合いなのか？」

　三宅の質問に、雄大は内心どきりとした。

「……いえ、たまたま彼が不動産屋の前で物件を探しているところに鉢合わせして」

「そうか。まあ勤め先もわかってるし、ネットで同居人を募集するよりはずっといいな」

　言いながら頷いて、三宅が会議室を出て行く。平松もそれに続き、会議室には雄大と難波、守屋が取り残された。

「渡辺先生、もうルームシェアは懲り懲りだって言ってませんでした？」

　さっそく守屋が、さりげなく探りを入れてくる。

　彼女は要注意だ。勘がよく、こと他人の恋愛事情に関してはやたらと鋭い。

「ええ、そうなんですけど、早急にアパート出なくちゃならなくて、すごく困ってるみたいだったから。従弟が置いてった家具とかあったんで、次のアパートが見つかるまでの繋《つな》ぎに利用してもらえたらと思いまして」

　笑顔を作り、不自然にならないように言い繕う。

「ふうん……だけど……あ、電話だ」

守屋はまだ何か訊きたそうな様子だったが、事務所の電話の呼び出し音に、渋々と会議室を出て行った。

それまで黙って話を聞いていた難波が、立ち上がって資料を揃えながらようやく口を開く。

「小谷くん、か。彼、すごい美少年だよな」

「え？　ああ……そうですね」

難波の顔を見ると、人の悪そうな笑みを浮かべていた。

目が合った瞬間、しまったと思ったがもう遅い。

「なるほど。おまえが狙ってた87デザインオフィスの子ってのは、小谷くんのことだったのか」

難波の言葉に、どっと汗が噴き出す。

動揺して目を泳がせながら、雄大はなんと返事をするべきか考えた。

——難波は信頼できる人物だ。雄大の恋の相手が男だと知っても、態度を変えたり吹聴するようなことはしないと信じている。

先だってのボウリング大会で手を煩わせた義理もあるし、ここは本当のことを打ち明けて、アドバイスを仰いだほうがいいかもしれない。

「……どうしてわかったんですか」

消極的に肯定しつつ尋ねると、難波が雄大の肩をぽんぽんと叩いた。

「だっておまえ、同居の報告するとき思いっきり鼻の下が伸びてたもん。婚約の報告かってくらい」

「え、か、顔に出てました？」

「ああ、はっきりと」

難波の指摘に、さあっと青ざめる。

難波が気づいたということは、きっと守屋も勘づいているに違いない。

「しかし意外だったな。俺さ、実を言うと、おまえはあの従弟とできてるのかと思ってた」

「ええっ⁉　まさか！」

そう思われていたなんて心外だ。従弟は柔道部の猛者《もさ》で、歩と似ているところなどひとつもない。

「だよな。いやなんか、おまえがあまりにも女に興味なさそうだからさ。ほら、エロサイト見てるとバナー広告とかにマッチョな男同士の絡みが出てくるじゃん。ああいう系なのかなと。おまえ、やたら体鍛えてるし」

「違いますよ……」

難波にガチガチのゲイだと思われていたことを知って、脱力する。

ゲイなのは確かだろうが、好きになったのは後にも先にも歩だけだ。

「俺は歓迎会のときちょこっとしゃべっただけだけど、あの子可愛いし気立てもよさそうだよな。今度家に招待してくれよ」

軽く言って踵を返そうとする難波を、雄大はがしっと腕を摑んで引き留めた。

「この際だからぶっちゃけますけど、どうやってアプローチしたらいいのか全然わからないんです」

救いを求めるように、じっと難波を見下ろす。

「それは……難しいところだな。女性とは勝手が違うから」

「向こうが俺のこと好きになってくれるのを待つしかないですかね……」

「うーん……そうだな……。脈はありそうなのか？」

難波の問いに、雄大は視線を宙にさまよわせた。

「……多分……ゼロではない……と思います」

高校時代に一度はいい雰囲気になったのだ。まったく可能性がないわけではないと信じたい。

「そうか。じゃあ今の段階で言えることは、焦るなってことくらいかな。強引にことを進めようとしてもうまくいかない。そうなる運命なら、いずれ自然とそうなるもんだ」

「そうなる運命かどうか、どうやったらわかります？」

真剣な表情で詰め寄る雄大に、難波が苦笑する。

「うまくいくことを祈ってるよ。これで初恋の彼女のこと忘れられるな。あ、もしかして初恋の彼か?」
難波のその問いかけを、雄大は曖昧《あいまい》に笑ってやり過ごした。

10

ぽつぽつと降り出した雨に、赤信号で自転車を停めていた雄大は天を仰いだ。

天気予報では夜半から降り出すとのことだったが、前倒しで降ることにしたらしい。

(歩と一緒にバスにすればよかったな)

信号が青になり、自転車を漕ぎ出す。橋にさしかかると、鳥居川を吹き抜ける風が強さを増していた。

――歩と同居を始めて、そろそろ一ヶ月。

一緒に生活するうちにふたりの距離は少しずつ縮まっていっている……ような気がする。

同居当初はふたりきりになることを怖れていた雄大だが、少しでも長く歩と一緒にいたいという欲求が上まわり、今ではふたりきりの時間を楽しむ余裕も出てきた。

夜ごとの狂おしいほどの欲情は、なんとか自慰で乗り切っている。

ときどき夜這いに行く妄想に駆られ、抵抗する歩を無理やり組み伏せる夢を見て、汗びっしょりになって目が覚めることもあるが……。

（どうして俺は、いやらしいことばかり考えちまうんだ。もっとこう、心の交流とかそういう方面に力を入れないと）

この一ヶ月、歩とはいろんなことを話した。

自転車に乗らないのは、大学一年生のときに単車と接触して骨折し、その際の恐怖感が消えないせいだということ。

大学ではスカッシュのサークルに入っていて、機会があればまた始めたいと思っていること。

歩が自分の話をしてくれるのは嬉しいが、同時に雄大に強い罪悪感をもたらした。

高校時代のことを黙っているのが日に日にしんどくなってきている。

そろそろ本当のことを話して、謝ったほうがすっきりするのではないか。

（いやいや……せっかく打ち解けてきたのに、また怖がらせてしまうかもしれない）

自転車事故のエピソードが高校時代の一件と重なり、歩にトラウマを与えてしまったのではと不安だった。

大通りから路地に入り、速度を緩めながら家を目指す。

小雨の中、自転車を降りて門扉の鍵を開けていると、向こうから見覚えのある空色の傘が近づいてくるのが見えた。

「おかえり」

傘を差し、レジ袋を提げた歩に声をかける。バス停の前にあるスーパーに寄って買い物をしてきたらしい。

「あ……渡辺さんも今お帰りですか？」

傘を傾けた歩の顔に、ぱっと花が咲いたように笑みが広がった。

雨で冷えた体がじんわりと温かくなり、雄大も自然と笑顔になる。

一緒に暮らしている幸せをしみじみ実感できる瞬間だ。なんでもない日常の些細《ささい》なやり取りに、なかなか恋愛に発展しない悩みや淫らな欲望との闘いをしばし忘れることができる。

「ああ。雨が本降りにならないうちに着いてよかったよ」

「天気予報、外れましたね」

言いながら、歩が門扉の脇に取り付けられた郵便受けを覗く。

自転車をガレージの隅に置いて戻ってくると、歩はA４サイズのオレンジ色の封筒を二通手にして、怪訝そうな表情で見下ろしていた。

「同じものが二通？　通販かなんかのカタログかな」

玄関のドアを開け、歩に先に入るよう手で促す。

「………これ、渡辺さん宛です」

歩が顔を上げ、オレンジ色の封筒を一通差し出す。

先ほどまでの笑みはかき消え、表情が強ばっていた。困っているような、何かを怖れているような……。

「――！」

封筒の表に印刷された文字を見て、その理由がわかった。

〝花丘東高等学校　創立五十周年記念祭のご案内〟。

（なんてこった……）

心の中で頭を抱える。あと少し早く帰宅していれば、ポストから自分の分だけ取って素知らぬふりができたのに。

まったく同じ封筒が来ているのを目にした今、同じ高校の出身であることはもはや隠し通すことができない。

（いやいや、これはチャンスだぞ。いつかはばれることだ。本当のことを打ち明けるのは早いほうがいいんじゃないか）

気を取り直し、雄大は努めて平静を装った。

「きみも花丘東の卒業生だったんだ」

「……はい」

「何期？」

「四十二期です」

「俺は四十期だ」

ふたりの間に奇妙な空気が流れる。

自分がぎこちないのは当然として、歩のこの表情は、いったい何を物語っているのだろう。

ふいに雄大は、歩は最初から気づいていたのではないかと感じた。

自分と同じように、気まずくなるのを怖れて黙っていたのではないか――。

頭の中に衝撃が広がってゆく。それについて考えようとしても、脳の回路は完全に停止し、考えることを拒否していた。

しばらくの間、ふたりで黙って立ち尽くす。ほんの数秒間だろうが、雄大にはひどく長く感じられた。

「……雨がひどくなってきたな。とりあえず中に入ろう」

固まっていた空気を動かしたくて、雄大はぼそっと呟いた。

こくりと頷いて、歩が畳んだ傘をドアの横に立てかける。

歩に続いて玄関に入り、後ろ手にドアを閉めて、雄大は大きく息を吸った。

これまで避けてきた領域へ足を踏み入れる決心をし、ゆっくりと口を開く。

「もしかして、クラス委員だったか？」

薄暗い玄関の三和土《たたき》で、雄大は歩を見下ろした。

「………………はい」

斜め上の角度からでも、歩の小さな喉仏がひくひくと上下に動くのがわかった。

長い沈黙のあと、掠れた声が返事をする。

ゆっくりと顔を上げた歩の瞳は、落ち着かなげに左右に揺れていた。

「名字も変わったし、覚えていないかと……」

歩が続けた言葉に、雄大はひどく動揺した。

――やはり歩は最初から知っていたのだ。

知っていながら、自分に不埒な真似をした男との同居に応じたのはなぜだろう。

都合のいい解釈をしてしまいそうになり、慌てて自分を戒める。

雄大が覚えていないと思ったから、同居に応じただけかもしれないではないか――。

「……ああ。もしかしたらそうかなと思ったんだが、名字が違ったから」

無言で歩を凝視していたことに気づいて、とりあえず下手な言い訳を口にする。

「……高校を卒業したあと、両親が離婚したんです。僕は母の姓を名乗ることになって」

「そうだったのか……」

言葉が途切れ、互いに動こうとしないまま立ち尽くす。

玄関の庇《ひさし》を叩く雨音は次第に激しさを増し、ふたりが佇んでいる空間を外界から切り離すように包み込んでゆく。

「あのさ……」

キスの件を謝ろうと、雄大は歩に向き直った。

しかし歩がびくりとしたように半歩あとずさり……出かかった言葉が引っ込んでしまう。

歩はちゃんと覚えているのだ。覚えていて、敢えて忘れたふりをしている。

同じビルに勤務する者同士、波風は立てないほうがいい。そう判断したのかもしれない。

同居の件の真意はわからないが、とにかく今はまだその件に触れてはいけないような気がする——。

「髪、濡れたままだと風邪引きますよ」

「え?　ああ」

歩に言われて、雄大は前髪から雫《しずく》が滴り落ちていることに気づいた。

「タオル持ってきますね」

靴を脱ぎ、歩が雄大の横をすり抜けて玄関に上がる。

止まっていた時間が動き出し、先ほどまでの緊張した空気が霧のようにかき消えてゆく。

(……今日はここまでにしておいたほうがよさそうだ)

自分も歩も、心の準備ができていない。

そう感じて、雄大は溜《た》めていた息をふうっと吐き出した。

◇◇◇

(ついにばれてしまった……)

洗面所に向かって歩きながら、歩は早鐘を打つ心臓を手で押さえた。

まさか、高校の創立記念行事の案内が来るなんて。

同期の同窓会の案内はメールで来ていたので油断していた。転居届を出した覚えはないのに、どうして今の住所に届いたのだろう。

転居先を教えたのは、両親と大学時代の友人たちと……そこまで考えて、高校時代の美術部の友人にも知らせたことを思い出す。そういえば彼は同窓会の幹事をやっている。多分気を利かせて、名簿の連絡先を変更してくれたのだろう。

(僕が黙ってたこと、気を悪くしたかな)

なんとなくだが、雄大の態度から、自分と同じように最初から気づいていたのではないかという気もする。

今思えば、不動産屋の前で同居を持ちかけてくれたのも、見ず知らずの他人ではなく歩の素性を知っていたからではないか。

(クラス委員だったことを覚えてるなら、きっとキスのことも覚えているよな……)

雄大は、ひどく居心地の悪そうな態度だった。きっと歩が蒸し返すのを怖れているのだ。

彼の様子からは、キスの件はなかったことにしたいという思いが見て取れた。

もう八年も前のことだ。今更口にしても、彼を困らせるだけだろう。多分雄大にとって、あれは高校時代の一時の過ちだったのだ……。

（でも、だけど……だったらどうして同居を申し出てくれたんだろう）

火事で住むところを失い、困っていた自分に同情してくれただけ？

それとも他に理由が……？

頭が混乱して、考えがまとまらなかった。

ただひとつわかっているのは、今はまだ、キスの件は忘れたふりをしておいたほうがよさそうだということ。

洗面所の棚からタオルを一枚取り出して、歩は玄関へ戻った。

雄大は薄暗い玄関に立ったまま、電気も点けずにハンカチで顔を拭いていた。

「……どうぞ」

「……サンキュ」

タオルを差し出し、妙な空気を振り払うように、玄関の明かりのスイッチを入れる。

「夕飯、こないだのカレーを解凍しようと思ってるんですけど、一緒にいかがですか」

敢えて明るい声で、笑顔を作りながら言う。

「いいね。ぜひ」

雄大も、歩に合わせるように笑顔を浮かべた。

ほっとして、肩の力が少し抜ける。

少なくとも今夜は深刻な話にならずに済みそうだ。

「じゃあちょこっとサラダ作りますね」

そう言って、歩は玄関に置きっぱなしだったレジ袋を拾い、そそくさと台所へ向かった。

11

花丘地方裁判所の一角にある、家庭裁判所。

離婚調停の代理人としての仕事を終えた雄大は、廊下へ出てロビーへ向かった。

（やっぱり今日も不調に終わったか……。これはもう裁判で決着つけるしかないだろうな）

かすかに眉をひそめ、今後の対策を考える。

まずは依頼人の女性に少し冷静になってもらわなくてはならない。かなり感情的になっており、自分は悪くないとくり返すばかりで、担当弁護士の雄大でさえ、彼女がどういう決着を望んでいるのか判然としないのだ。

彼女自身もどうしたいのかよくわかっていないのだろう。会うたびに意見が変わり、この半年間、雄大も彼女の夫も振りまわされている。

（あー……でも今ならちょっと気持ちわかるかも）

自分でも、どうしていいかわからない。

それはまさに、一週間前から自分の中に渦巻いている感情だ――。

（歩を怖がらせないように黙っておこうと思ったけど、じゃあいったいいつ謝るんだよ？）

歩の警戒するような表情を見て怯《ひる》んでしまったが、今思えばあのときが話を切り出すチャンスだったのだ。

やはり謝っておけばよかったと、後悔の念が込み上げてくる。

しかし、許してもらえなかったら？

せっかく打ち解けてきているのに、再び歩に距離を置かれるのはつらい。

追い打ちをかけるようにあの日以来仕事が忙しくなり、残業続きで歩とほとんど顔を合わせていない。

歩は今までと変わりのない態度を取っているように見える。しかし朝の慌ただしい時間帯に必要最小限の会話をかわすだけでは、本当の気持ちは見えてこない。

歩がどう思っているのか知りたいと思いつつ行動に移せないまま、この一週間は徒《いたずら》に過ぎていった。

「よう、終わったのか」

あれこれ思い悩みながらロビーを歩いていると、向こうからやってきた難波が手を挙げながら近づいてきた。

「はい、今さっき終わったところです。難波さんも？」

「休廷、二時間後に再開。昼飯食ったか？」

「いえ、まだ」

「じゃあそこで食っていこうぜ。このあと特に予定ないんだろ？」

「ええ、事務所に戻って書類作成です」

難波と連れだって、裁判所内にある食堂へ向かう。安くてボリュームがあり、味もまあまあなので、雄大もちょくちょく利用している店だ。

とんかつ定食を選んで、自動販売機で食券を買う。午後一時を過ぎた食堂内は閑散としており、雄大と難波は窓際の席にトレーを置いて座った。

「難波さん、病院で再会した彼女と順調ですか？」

席に着くなり小声で尋ねると、向かいの席の難波が顔をしかめた。

「なんだよ、いきなり……」

「いえあの、どうなったのかなと思いまして」

「……まだつき合ってるわけじゃない」

味噌汁《みそしる》を箸でかき混ぜながら、難波が苦々しげに呟く。

「え、そうなんですか？　てっきりつき合っているのかと」

「言っただろ。いろいろあったんだよ。そう簡単にはいかない」

それ以上の質問は受け付けないとばかりに、難波は派手な音を立てて味噌汁をすすった。

「元カノですか」

「黙秘」

「そうですか……やっぱり過去にいろいろあると、なかなか踏み出せませんよね」

「前置きはいいから話せよ。なんか俺に相談したいことあるんだろう？」

難波が苦笑する。さりげなく話を持って行こうとしていたのだが、意図はお見通しだったようだ。

「アドバイスが欲しいんです」

箸を置き、姿勢を正して難波の目を見る。

「一週間前、小谷くんとちょっと気まずい感じになってしまって……。詳細は伏せますが、俺が小谷くんのことをどう思っているのか、勘づかれてしまったというか」

「なるほど。そのときの彼の反応は？」

「困ってる感じでした。あと、怯えてる感じも。それについては言葉にしないで欲しいというオーラを感じたので、俺も黙ってました」

「ま、おまえみたいなマッチョな大男に惚《ほ》れられてるって知ったら、そりゃびびるよな」

「やっぱりそう思いますか」

自分でもわかっていたことだが、難波に指摘されてがっくりと項垂《うなだ》れる。

「そのあとは？　避けられた？」

「いいえ、普段通り振る舞おうと努力してます。小谷くんも、俺も」

「じゃあとりあえずは問題ないんじゃない？　本当に嫌だと思ったら、すぐに引っ越しの準備始めるだろ」

「そうか……それって希望があるってことですよね？」

前のめりになって拳を握り締めると、難波が顔をしかめて顎を引いた。

「可能性はゼロではないってことだ」

「それじゃ、可能性はゼロではないとして、俺はこれからどうしたらいいと思います？」

雄大の質問に、難波がたくあんをぽりぽりと齧《かじ》りながら考え込む。

「俺だったら、デートに誘うかな」

「デート……ですか」

「そう。映画とかテーマパークとか、なんでもいい。念のため言っておくが、間違ってもデートという言葉は口にするなよ。デートだなんて言ったら、小谷くんにとっては交際の申し込み同然に聞こえて負担になる。なんかのついでみたいにさりげなく誘うのがコツだ」

「デート……ああでも、同居してからはときどき一緒に出かけてますよ」

「どこへ？」

「食料品の買い出しとか、近所に飯食いに行ったりとか……」

「そういうのはデートと言わないんだよ。デートってのは特別なお出かけだ。いいか、可能性がゼロじゃないなら、ここで攻めろ。がつがつ迫るって意味じゃないぞ。いい印象を与えて、迷っている気持ちをこっちに引き寄せるんだ」

難波の言葉に、雄大は感嘆のため息を漏らした。

「難波さん、まじ恋愛の達人って感じです……婚活アドバイザーとかになれそう」

「おまえに褒められても嬉しくねーよ」

「俺には何もアドバイスとかできませんが、難波さんもうまくいくよう祈っておきます」

ぱしんと手を合わせて目を閉じると、難波が声を立てて笑った。

「サンキュ。俺もおまえらがうまくいくように祈っとくよ」

そう言って、難波は冷めかけた肉じゃがに箸を付けた。


（デート……デートって言ったらどこだ？　映画は二時間無言になっちまうし、遊園地は人が多すぎる。もっと、ふたりきりで静かに話せるところ……）

裁判所からの帰り道、頭をフル回転させてデートの計画を練る。

何か参考になるかと思い、過去の経験の記憶を引っ張り出してみるが、あまり役に立たなかった。

デートにはろくな思い出がない。興味のないショッピングに連れまわされたり、テーマパークで疲れて不機嫌になった彼女にうんざりしたり……。

(正直なところ、デートしたいとか思ったこともなかったしな)

セックスだけの関係に、一緒にどこかへ出かける必要性を感じなかった。

けれど今は違う。歩との初デートのことを考えただけで、今にも足が宙に浮きそうなほど舞い上がっている。

事務所に戻った雄大は、いったんデートのことは頭から追い出して、たまった書類の作成に取りかかった。書類を片付け、来月の裁判に関する資料を読み込み、依頼人と電話で打ち合わせをして、気がつくと七時をまわっていた。

ここのところ残業続きだったので、早めに上がらせてもらうことにして事務所をあとにする。

ビルを出た途端、再び頭の中は歩とのデートのことでいっぱいになった。

ハイキングやテニスなどのスポーツも悪くないが、それはつき合い始めてからのほうがいいだろう。

もっとロマンティックで、ムードの盛り上がるデートでなくては……。

(こういうとき、世のカップルはどういうデートをしてるんだ?)

交差点で信号待ちをしていた雄大は、ふと思い立って自転車の方向を変えた。書店に寄って、タウン情報誌やお出かけガイドブック的なものを購入して参考にしようと考えたのだ。

カルチャーゾーンの一角にある商業ビルの横に自転車を停め、一階の書店に入る。

雑誌やガイドブックを数冊選んでレジに並んだ雄大は、前の客の頭越しに新刊コーナーに佇む歩の姿を見つけてはっとした。

歩はこちらに気づいていない様子で、平台の新刊小説の表紙をじっと見下ろしている。

(声をかけて、一緒に夕飯食って帰るか)

そう思いかけるが、いやいやと頭の中で首を横に振る。

デートの予習本を買ったことを知られるのはどうもばつが悪い。自意識過剰かもしれないが、歩に格好悪い舞台裏は見せたくなかった。

「お待たせしました、お会計三千三百八十円になります」

歩に見つかりませんようにと願いつつ、財布から五千円札を抜き出して渡す。まったく、こそこそとエロ本を買う中学生になった気分だ。

釣りを受け取ってレジを離れると、歩はこちらに背を向けて出口へ向かうところだった。

急いで買った本を鞄の中に押し込み、やはり声をかけて夕飯に誘おうと決心する。

どの店にするか考えながら歩の背中を追いかけていると、ふと歩が出口付近に置かれたラックの前で立ち止まった。思案するように首を傾《かし》げ、ラックの雑誌に手を伸ばす。

それが何であるか気づいたとき、雄大の背中につうっと冷たい汗が流れた。

ラックに並べられているのは無料配布の情報誌だ。アルバイト情報、転職情報、クーポン付きの飲食店ガイド——そして、賃貸物件の情報誌。

歩がラックから二種類の賃貸情報誌を取り出し、肩にかけたバッグに入れる。

『本当に嫌だと思ったら、すぐに引っ越しの準備始めるだろ』

難波の言葉が頭の中で鳴り響いた。そして、足元の床が崩れてゆくような感覚。

呆然とその場に立ち尽くし、雄大は歩の後ろ姿を見送った。

(うちから出て行くつもりなのか……)

引っ越してきて以来、一度もそんなことを言っていなかったのに。

広いし職場も近いし、とても快適だと言っていたのに。

そのうち庭の一部に家庭菜園を作って、エンドウ豆やラディッシュを植えてみたいと言っていたのに——。

(……やっぱり嫌われてしまったか)

がっくりと肩を落とし、とぼとぼと書店をあとにする。

あれこれデートの計画を考えて浮かれていた自分が滑稽《こっけい》だった。

家に帰って歩と顔を合わせるのがつらい。それに、少しひとりになっていろいろ考えたかった。

行き先を決めずに、雄大は夜の町へと自転車を漕ぎ出した。

◇◇◇

玄関で何か物音がしたような気がして、歩ははっと顔を上げた。

読んでいた雑誌をベッドの上に置き、寝室のドアを開けて廊下を覗く。

玄関に人の気配はなかった。雄大が帰ってきたのかと思ったが、気のせいだったようだ。

(今夜も遅いのかな……)

壁の時計を見上げると、深夜一時近かった。残業で帰りの遅い日もあるが、どんなに遅くても日付の変わる前には帰宅していたので心配だ。

(僕が心配しなくても、雄大さんは大人だし……仕事だけじゃなくていろいろつき合いもあるだろうし)

同居のルールのひとつに、外泊する場合は電話かメールで連絡すること、という項目がある。電話もメールも来ていないということは、多分飲み会か何かだろう。

(それとも、もしかしてデート……?)

つき合っている恋人はいないと聞いたが、それは一ヶ月以上前の話だ。それに、デートの相手が恋人とは限らない。

あれこれ考えてしまい、憂鬱《ゆううつ》なため息を漏らす。ベッドに戻って、歩は雑誌を手に取った。

無料配布の賃貸情報誌には、既に何枚か付箋が貼り付けてある。

——この一週間、ずっと感じていた。互いの正体を知って以来、雄大が自分を避けようとしていることを。

彼にとって、高校時代のキスの件は蒸し返して欲しくない話なのだろう。終わったこと、過去の過ち、黒歴史。そう思われているらしいとわかったとき、歩は初めて同居を心から後悔した。

もしも雄大が最初から気づいていたとしても、同居しなければ気まずい思いをさせることもなかった。

できれば生徒会室での自分の態度について説明させて欲しいが……それを言っても困らせるだけなのは目に見えている。

このまま同居を続けて、雄大に居心地の悪い思いをさせたくない。

ここを出て、いったん〝同じビルに勤務する顔見知り〟という薄い関係にリセットしたほうがいい。

同居という密な繋がりを断ち切ってしまうのは名残惜しいが、雄大に嫌われたり疎ましく思われたりするのだけは避けたい——。

賃貸情報誌を閉じて、歩はベッドに仰向けに寝転がった。

思いがけない再会、思いがけない同居という出来事が続いて、自分は少し浮かれていた。

もしかしたら、雄大も自分と同じ気持ちなのではないかと……。

けれどそれは違った。今、彼は明らかに困っている。

（……一日も早く、ここを出たほうがいい。雄大さんのためにも、僕のためにも）

ため息をついて、歩はベッドの下に情報誌を押し込んだ。

12

「——おい、起きろ」

「……うーん……」

誰かが容赦なくがしがしと足を蹴飛ばしている。

夢うつつで、雄大は自分を起こそうとしている人物が誰なのか考えた。

従弟は違う。あり得ない。あいつを起こすことはあっても、起こされることなどなかった。

では誰だろう……。今の同居人の愛らしい笑顔が瞼に浮かび、口元がだらしなく緩む。

「歩……」

呟きながら寝返りを打つと、誰かに思いきり鼻をつままれた。

「いて……っ」

「寝ぼけてんのか？　ほら、いったん家帰って着替えるんだろ？」

「ふああ……」

間の抜けた声を発し、雄大は重たい瞼を無理やりこじ開けた。

目の前に、紺色のバスローブ姿の難波が仁王立ちになっている。ぎょっとして眠気が吹き飛び、がばっと上体を起こす。

「えっ、難波さん？　どうしてここに……？」

「どうしてかって？　ここが俺の家だからだ」

「……………あっ、そっか。ゆうべ……」

思い出した。書店を出たあと夜の町をさまよい、落ち込んでいるのに腹が減る自分に絶望し、目についた居酒屋でしこたま飲み食いし、難波に電話して呼び出したのだった。

そのあとのことはあまり覚えていないが、どうやらへべれけになった雄大を難波が泊めてくれたようだ。

「思い出したか？」

にやりと笑い、難波が踵を返す。

「うう……」

呻き声を上げながら、雄大は胡座をかいた。

鳥居川を見下ろす十階建てのマンションの最上階。何度か来たことがあるが、泊めてもらったのは初めてだ。ソファではなく床のラグの上に転がされていたので、体中がみしみしと音を立てるように痛い。

「すみません、ご迷惑をおかけしたようで……」

「そうでもないさ。おまえ、ぐでんぐでんに酔ってても足元は結構しっかりしてたし、あんなに飲み食いしてたのに戻さなかったし」

「自転車……どうしましたっけ？」

「ちゃんと引っ張ってきて、マンションの駐輪場に停めてたぞ。コーヒー飲むか？」

「ええ……いただきます」

難波がコーヒー豆を挽《ひ》くところから始めたので、雄大は洗面所を借りて顔を洗った。

リビングに戻ってソファに座ると、サイドテーブルに卒業アルバムが置いてあることに気づく。

（難波さんの卒アル……？）

表紙に難波が卒業した東京の名門大学の校章が箔押しされている。覚えていないが、ゆうべ何かの話のついでに見せてもらったのだろうか。

分厚いアルバムには、学部ごとに学生の顔写真が並んでいた。法学部のページをめくって五十音順にたどっていくと、若かりし日の難波が完璧な笑みを浮かべて写っている。

「難波さん、大学のときはこんな髪型だったんですね」

「え？」

振り返った難波が、なぜか焦ったように大股で近づいてきて、やんわりと雄大の手からアルバムを取り上げる。

「……そうだ。かっこいいだろ」

紙ケースにアルバムを戻しながら、難波は口の端を持ち上げて見せた。

「ゆうべ見せてもらいましたっけ?」

「……いや、おまえが寝たあと、なんとなく懐かしくなって眺めてただけだ」

「あ、病院で再会した元恋人ですか?」

「………まあな」

それ以上聞くなとばかりに背を向け、難波はアルバムを持って部屋を出て行った。

何があったか知らないが、元恋人の件は難波にとって触れられたくない話題らしい。

(……ん?)

ソファの下に写真が落ちていることに気づき、雄大は屈《かが》んで手を伸ばした。

写真は難波と見知らぬ青年のツーショットだった。テニスコートで撮ったらしく、ふたりともテニスウエアを着て笑顔で肩を組んでいる。難波の髪型から察するに、大学時代のもののようだ。

「難波さん、これ落ちてましたよ。アルバムに挟んであったんじゃないですか?」

「……ああ」

リビングに戻ってきた難波に写真を差し出すと、受け取った難波はそれを無造作にキャビネットの上に置いた。

その仕草にどことなくぎこちなさを感じ、雄大は眉根を寄せた。まるで、わざと無造作を装っているような……。

（……まだ酔いが抜けてないみたいだ）

難波の態度を奇妙に思うなんて、どうかしている。頭を左右に振り、雄大は差し出されたマグカップを受け取った。

コーヒーのいい香りに、朦朧《もうろう》としていた頭が少しクリアになってくる。

「ゆうべも話しましたっけ……歩がうちを出て行こうとしてること」

「ああ、百回以上聞かされた」

「これって難波さんの言ったとおり、俺といるのが嫌だから出て行くってことですよね」

「その件だが、少々訂正しなくちゃならんな。データに誤りがあった。おまえ、俺に黙ってただろ。高校時代のキスの件」

ぎくりとして、体が強ばる。まったく覚えていないが、どうやらすべてぶちまけてしまったらしい。

「困りますねー、相談するなら全部正直に話してくださらないと」

弁護士の口調でそう言って、難波は雄大の斜め向かいに置かれた肘掛け椅子に座った。

「すみません……」

叱られた犬のように項垂れ、マグカップをローテーブルに置く。

難波が真顔になり、腕を組んで雄大を見据える。

「ゆうべも言ったが、俺は小谷くんじゃないから、小谷くんの真意はわからない」

「………………」

「けど、そんなに悲観しなくてもいいような気がするぞ。本当におまえのことが嫌いで許せなかったら、火事というアクシデントがあって引っ越しを急いでいたとしても、絶対におまえと同居しようなんて考えないだろ」

「……ですよね。望みはありますよね？」

すがるような気持ちで、上目遣いで難波を見上げる。

「わからん。いっぺん腹を割って話してみろ。そうするしかないだろう」

「……はい」

「ほら、さっさと帰れ。俺のマンションから昨日と同じ服で出勤するとか勘弁してくれよ。守屋さんにいろいろ勘ぐられる」

びしっと玄関を指さされ、慌てて雄大は立ち上がった。


しわくちゃのワイシャツ姿で、早朝の風見町にたどり着く。

音を立てないように自宅の約三十メートル手前で自転車を降りて引っ張り、ポケットから鍵を出してそっと門扉の鍵穴に差し込む。

こんなよれよれの姿を歩に見られたくなかった。酔っぱらってくだを巻いた挙げ句先輩の家に泊まったなど、格好悪すぎてとても言えない。

「……あ」

しかし無情にも、雄大が門扉を開けると同時に家の玄関のドアが開いた。

パジャマ代わりのTシャツとハーフパンツというしどけない格好の歩が、驚いたように目を丸くしてその場に立ち尽くす。

「……おはよう」

タイミングの悪さを呪いながら、極力さりげなさを装って声を出す。

「……おはようございます……。新聞、取ろうと思って……」

「ああ……」

気まずい空気が、じっとりと肌にまとわりつく。歩に続いて玄関に入り、雄大は無意識に咳払《せきばら》いをした。

「その、悪かったな。連絡もせずに外泊して」

「いえ、無事でよかったです」

歩が笑顔を作ろうとして失敗し、それを恥じるようにさっと顔を背けた。

最悪だ。デートの話を切り出すどころではない。

きっと歩に、だらしない男だと呆れられている——。

しかし落ち込んでいる時間はない。まずはシャワーを浴びてさっぱりしようと、雄大は廊下の奥の浴室へ向かった。

13

タイミングというのは、合わないときはとことん合わないものだ。

酔っぱらって朝帰りした日以来、雄大は歩をデートに誘うタイミングをことごとく外していた。

自分が残業で遅くなったり、早く帰ることができた日には歩が残業だったり……それに気のせいか、朝帰り以降どうも歩に避けられているような気もする。

（だらしないところ見せちまって、幻滅されたかな）

担当しているもうひとつの離婚調停のことを思い出し、ため息をつく。

仕事が多忙で夫婦の会話がまったくなかったと言っていたが、内心同じ家に住んでいるのだから口を利く機会くらいいくらでもあるだろうと思っていた。

しかし今ならわかる。夫婦ともに仕事に忙殺されていると、話したくても話せないこともあるのだ。

（同じ家に住んでいてもすれ違うことってあるんだな……。おまけに俺たちは寝室も別々だ

し）

そういえば従弟と住んでいるときも、タイミングが合わずに数日顔を合わせないことがあった。けれどまったく気にならなかったし、顔を合わせていないということすら意識していなかった。

歩のことは、何もかも気になって仕方がない。

あれから賃貸物件探しは進んでいるのだろうか。何か話してくれるかと思ったが、歩のほうからは何も言ってこない。ある日いきなり「引っ越し先が決まりました」と言われるのではないかと思うと気が滅入《めい》る。

寝返りを打ち、枕元の時計を見やる。暗闇の中で、蛍光色の針は午前二時を指していた。

近くの田んぼに水が入ったらしく、開け放した窓から風に乗って蛙の大合唱が聞こえてくる。

毎年恒例の風物詩だ。歩も、もうこの声を聞いただろうか。

目を閉じて、とりとめのない物思いに耽る。

今日は土曜日……何をして過ごそうか。天気予報によると、行楽にぴったりの爽やかな一日になるらしい……。

ふと、花丘東高校の創立記念祭のことを思い出し、ベッドから起き上がって枕元のナイトランプのスイッチを入れる。

確か今週か来週の土曜日だったような気がする。行くつもりがなかったので、案内をどこかにしまい込んだままだ。

「あった」

机の上の書類をかき分けて、オレンジ色の封筒を引っ張り出す。中身を取り出して見ると、まさに今日が創立記念祭だった。

(俺の在学中にこんな行事あったっけ?)

フルカラーのパンフレットをぱらぱらとめくる。高校の沿革、校長や卒業生のお祝いコメントに続き、五十周年記念祭の概要が書かれてた。

それによると、周年記念祭は三十年ぶりらしい。道理で知らなかったはずだ。

偉くなった卒業生の講演、ブラスバンド部の演奏、卒業生の親睦会等々、正直あまり食指は動かない。

けれど、久しぶりに母校を訪れるいい機会かもしれない。今日日《きょうび》、用もないのに高校を訪ねたりしたら不審者だと思われてしまう。

(歩も誘ってみるかな)

計画していたデートとは天地の差だが、ふたりきりになれそうだし、話もできる。

何より思い出の母校だ。すべては花丘東高校での出会いから始まった。

(よし、決めた。朝起きたら、歩を誘ってみよう)

そうと決めると、気持ちが浮上する。

ベッドに潜り込み、ナイトランプを消して、雄大はデートに備えて眠りに就いた。


腕章をつけた制服姿の高校生に誘導されて、雄大は校庭の一角に作られた駐車スペースに車を停めた。

エンジンを切り、サングラスを外して校舎を見上げる。

同じ町に住んでいるのに、母校を訪れるのは卒業以来初めてだ。鉄筋コンクリートの校舎は相変わらず素っ気ない佇まいで、懐かしいという気持ちはあまり湧いてこなかった。

(助手席に歩がいれば完璧だったんだけどな)

ため息をつき、ハンドルにもたれて空っぽの助手席を見やる。

――今朝八時に起きてリビングに行くと、歩の置き手紙があった。

〝今日は出かけてきます。帰りは何時になるかわかりませんので夕食はお先にどうぞ。〟

テーブルの上の手紙を読んだときの絶望感がよみがえる。

ゆうべ急に思いついたデートだが、考えれば考えるほど、自分たちの初デートにふさわしい場所だと思えてきた。まさかの再会、まさかの同居のあとに、たまたま五十周年記念祭があるなんて、運命を感じてしまうではないか。

だから今、ここに歩がいないことが残念でならない。

車を降りてロックし、講堂へ向かう。来客は開校当初の卒業生が多く、雄大と同世代の卒業生はほとんどいなかった。

受付で名前と四十期生であることを告げ、リボンで作ったバッジを受け取る。

講演会の客席は八割方埋まっていた。在校生の姿もちらほら見えるが、ほとんどは卒業生だろう。

後方の席に掛けて、軽く目を閉じる。

入ってきたときには気づかなかったが、講堂の建物独特の匂いが記憶を呼び覚ます。

ぼんやりと記憶の谷間を漂っていると、客席が徐々に暗くなった。壇上がライトで照らされ、校長、県議会議員、同窓会長、そして現生徒会長の挨拶と続く。

講演会のゲストは三期生の大学教授だ。宇宙物理学という馴染《なじ》みのない分野だったが、さすがに講演会を依頼されるだけあって話が上手で面白い。いつのまにか話に引き込まれ、一時間の講演はあっというまに過ぎていった。

客席が明るくなり、場内アナウンスが休憩を告げる。

受付でもらったプログラムによると、このあとはブラスバンド部の演奏と落語研究会の口演、体育館での親睦会となっていた。

（……ちょっと外に出て、校舎でも見てくるかな）

最後までつき合う気はないので、適当なところで切り上げて帰るつもりだ。その前に、せっかくだから学校の中を見てまわりたい。

講堂の外に出て、校舎へ向かう。何か言われるかと思ったが、すれ違った教職員らしき女性は軽く会釈をしただけで通り過ぎていった。

土曜日の校舎はしんと静まりかえっていた。創立記念祭のため、今日は部活もすべて休止らしい。

こうして廊下を歩いていると、つい昨日までここに通っていたような感覚に囚われる。

最初の二年は、さほど印象深いものではなかった。勉強、部活……ただそれだけの単調な日々。

三年生になって歩と出会い、初めて高校生活に青春という色がついた気がする。

(俺にとっての高校時代は、あの一年がすべてだったな)

改めて、自分の中で歩がどれだけ大きな存在か、噛み締める。

——このまま歩を失ってもいいのか。

階段の手すりをぎゅっと摑み、自分に問いかける。

まだ諦めるには早すぎる。歩が家を出るとしても、この気持ちは伝えておきたい……。

雄大の足は、自然と生徒会室に向かっていた。薄暗い階段を上り、廊下の先にある生徒会室の扉を目指す。

扉には、鍵がかかっていた。

(そりゃそうだよな。俺みたいな不届き者に勝手に入られちゃ困るよな)

苦笑して、二、三歩後ずさる。

ここが始まりだった。ここで歩と出会い、恋をして、失恋して……。

記念碑に触れるようにそっと生徒会室の扉に触れ、踵を返す。

すぐに講堂に戻る気にはなれなくて、雄大は生徒会室のある階の廊下をぶらぶらと歩いた。

(屋上はどうなってるんだろう)

ふと思い出し、階段を上る。

体育祭の準備期間中は、よく屋上で作業したものだ。三組チームで一緒だった歩とも、作業を通して親しくなった。

施錠されているかと思ったが、屋上の扉は開いていた。

重いドアを押し開けると、懐かしい光景が目の前に広がる。

白いコンクリートに日差しが反射して眩しい。どうやら休憩時間が終わったらしく、風に乗ってブラスバンドの演奏が聞こえてきた。

誰もいない屋上へ、雄大はゆっくりと足を踏み出した。風に誘われるように、柵のそばまで近づいて立ち止まる。

屋上から見える風景はほとんど変わっていなかった。遠くに連なる低い山々、手前に緑色の絨毯《じゅうたん》のような田んぼ。校庭の向こうに見えるコンビニエンスストアは相変わらず古ぼけていて、体育祭の準備作業中に教師のおごりでアイスキャンディを買い出しに行ったときのことを思い出す。

あのとき初めて、歩とふたりきりであのコンビニまで歩いて行ったのだった。

アイスキャンディの入った袋を提げ、ぎこちなく言葉を交わしながら、田んぼの中の道を歩いた。

ただそれだけのことなのに、胸の中で思い出がきらきらと煌《きら》めいている。

他の誰でもない、歩と一緒にいたからだ。歩と一緒でなければ、きっと自分は覚えてもいなかった。

突然胸が締めつけられるような切ない気持ちが込み上げてきて、雄大は錆《さ》びた鉄柵を握り締めた。

やはり歩と一緒に来るべきだった。

今からでも遅くない。電話をかけて、会いたいと言えばいい。

そして好きだと告げるのだ——。

ふいに屋上の扉が開く音がして、雄大はぎくりとした。

誰かが雄大が屋上にいることに気づき、勝手に入るなと注意しに来たのだろうか。

「…………」

振り返った雄大は、にわかに自分の目に映ったものが信じられなかった。

これは夢だろうか。会いたいと強く思っていたせいで、幻を見ているのだろうか。

扉に手を掛けたまま固まっている歩も、雄大に負けず劣らず驚いた表情をしていた。

「……渡辺さん……?」

風に乗ってその声が届いた瞬間、雄大の中で何かが爆発した。

大股で、猛然と歩に向かって突進する。

これまでの教訓はすべて吹き飛び、気づくと高校時代と同じように衝動的に歩を抱き締めていた。

「うわっ、わ、渡辺さん……っ！」

「好きだ」

考えるよりも先に、言葉が口から飛び出す。

他の言葉では伝わらない。これが自分の歩に対する気持ちを表す唯一の言葉だ。

雄大の腕の中でもがいていた歩が、びくっと体を震わせる。

いったん体を離して、雄大は大きく息を吸い込んだ。

「生徒会室でのこと、覚えてるか」

硬い声で切り出すと、歩の茶色い瞳が動揺したように揺れた。

けれど今までと違い、雄大の視線を受けとめて、こくりと頷く。

「ずっと謝りたかった。いきなりあんな乱暴な真似をして、俺はきみを怖がらせてしまった。本当に……すまなかった」

掠れた声で告げると、一瞬間をおいてから、歩が大きく頷いた。

「……僕も、あのときのことを説明したいと思ってました。ずっと気になってて……」

息苦しそうな様子に、背中と腰に巻きつけた自分の腕が歩の細い体を圧迫しているのだと気づく。

けれど手を放す気にはなれなくて、雄大はほんの少し抱擁の手を緩め、言葉の続きを促すようにじっと見下ろした。

「あのときの僕は、まだほんの子供で……すごくびっくりして、怖くてああいう態度を取ってしまいました」

「………………」

「でも、あなたのことが嫌いで拒絶したわけじゃないんです。そうじゃなくて……本当は、あなたのことが、す、好きだったんですけど」

後半は声が消え入りそうになり、よく聞き取れなかった。

けれど真っ赤になった歩の顔を見て、自分の聞き間違いではないと確信する。

「いきなりああいうことをしたから怒ったのか」

「……そ、です……。先につき合おうって言ってくれてたら、僕は……」

長年胸につかえていたしこりが、するすると溶けてゆく。

歩も自分のことが好きなのではないかと感じたのは、間違いではなかったのだ。

「悪い。俺ほんと、ケダモノだったよな」

「………はい」

じっと見つめると、歩が照れたような笑みを浮かべた。

つられて雄大も笑みを浮かべ、今度は優しく丁寧に抱き寄せる。

「あ、あの、ほんとは卒業式の日に打ち明けようと思ってたんです。でもあの、インフルエンザに罹《かか》ってしまって」

「そうだったのか。欠席だったから、避けられてるのかと思った」

「違います」

「だけど……手紙出したのに、返事がなかったから」

「手紙？」

「下駄箱に入れた。二回」

「いえ……それ、もらってません」

歩が怪訝そうに眉根を寄せる。そんな表情まで可愛くて、雄大はうっとりと歩を見つめた。

そろそろ我慢の限界だ。早くキスして体に触れたい。

しかしここで断りもなくキスしたら、生徒会室の一件の二の舞になってしまう。

「その話はあとにしよう。キスしてもいいか？」

掠れた声で尋ねると、歩の大きな目が更に大きくなった。

「ええっ？　ええと………はい」

最後の言葉が終わるか終わらぬかのうちに、素早く唇を塞ぐ。

八年ぶりの、歩とのキス——しかも今度は本人の了解済みだ。

承諾を得たことに気をよくして、雄大は愛らしい唇を執拗《しつよう》に貪った。

柔らかい唇を割って口の中に押し入り、戸惑う舌に自身の舌を絡める。それだけでは飽きたらず、上顎や綺麗に揃った歯列まで、口腔内を隈なく舐めまわす。

「ん、ん……っ」

息苦しいのか、歩がもがき始めた。

初っぱなからあまりしつこくしては嫌われる。けれどキスを終わらせるのが名残惜しくて、いったん放してからもまた吸いついてしまう。

「い、いや……っ」

何度目かのキスから逃れ、歩が顔を背ける。その言葉に全身に冷水を浴びせかけられたような気持ちになり、慌てて雄大は「すまん」と謝りながら体を離した。

「いえあのっ、嫌ではないんです……。だけどここ外ですし、こ、こういうの慣れてなくて……っ」

真っ赤になって言い募る歩に、愛しさが込み上げてきて爆発しそうだった。

「大丈夫だ。誰も見てない」

再び抱き締めて、耳たぶを甘く咬《か》む。

「あ……っ」

歩が身じろぎした拍子に、ズボンの前が硬くなっていることに気づく。

歩が勃起している。

今のキスで、歩も自分と同じように欲情している――。

興奮のメーターが振り切れそうになり、雄大は先ほどから隆々と盛り上がっている自身の股間を歩の下腹部に押し付けた。

「……っ！」

歩が息を呑む気配がする。

頭の中で「よせ、やめろ」という声がしているが、発情した牡の獣と化しつつある雄大にはやめることができなかった。

「歩……！」

「だ、だめ……っ、あ、ああ……っ」

くぐもった声を上げて、歩がびくびくと震える。

その反応に、はっと我に返って体を離す。

歩は腰が抜けたような状態で、雄大の体にずるずるともたれてきた。

「わり……もしかして、出た？」

歩は顔を上げずに小さく震えている。

聞くまでもないことだった。初《うぶ》な体が、耐えきれずに暴発してしまったらしい。

歩が自分の腕の中で射精したことに、興奮と感動が込み上げてくる。しかしこれ以上抱き寄せていると自分もまずいことになりそうだ。

「すまん……やり過ぎたな。家に帰ろう」

しおらしく謝りつつ、雄大の声は上擦っていた。

早く家に帰ってふたりきりになり、この続きを思う存分やり遂げたい。

「今日は車で来てるんだ。歩けるか？」

歩の肩を抱き、そっと横から体を支える。

「………………」

歩がちらりと顔を上げ、恨めしそうな目つきで雄大を睨《にら》む。

それすらも可愛くて、雄大はでれでれと鼻の下を伸ばした。

「ひゃ……っ、な、何するんですか……っ」

――雄大と歩が住む、風見町の一軒家。

玄関の扉を閉めるなり、雄大は歩の背中に体当たりするように抱きついた。

「もう誰も見てない。ふたりきりだ」

言いながらうなじに顔を埋め、歩の匂いを堪能する。

「待って……っ、さ、先にお風呂に……っ」

「一緒に入るか？」

「嫌です……！」

歩の即答に苦笑する。

「じゃあ俺の部屋に行こう」

「えっ、ちょ、ちょっと……っ」

有無を言わさず、雄大は歩の体を抱き上げた。横抱きにして、のしのしと廊下を踏みならす。

互いの気持ちを確かめ合った今、やるべきことはただひとつ――歩と心も体も結ばれたい。

頭の中で高らかにファンファーレが鳴り響いている。世界中の祝福を受けながら、花嫁を寝室へと運ぶ王様の気分だ。

肩でドアを押し開け、雄大はそっと歩をベッドに下ろした。

「ほんとすまん。どうしても嫌だったら言ってくれ……」

言いながら、歩の上にのしかかる。もう少しロマンティックにいきたいところだが、今の自分にはこれが精一杯だった。

「い、嫌じゃないですけど、待ってください……っ」

歩が雄大の体を押し返そうともがく。

「いきなりセックスしようとは言わない。ただちょっと……触ってもいいか」

あからさまな言葉に、歩の顔が真っ赤になった。

「……その前に、シャワー浴びさせてください……っ」

「どうして？」

「それはその…………下着を汚してしまったからです……」

消え入りそうな声で言って、歩が両手で顔を覆う。

「ああ、知ってる。俺は全然構わない」

ほっそりとした手の甲にキスすると、歩が「ひゃっ！」と声を上げて手をどかした。

「見せてくれ」

「ええっ⁉　いや、だ、だめです……っ」

「見たいんだ」

「やだっ、ちょ、ほんとに嫌だったらそう言えって言ったじゃないですか……っ」

「頼む、もう我慢の限界なんだ……！」

唸《うな》るように言って、雄大は歩のベルトに手を掛けた。ベージュのチノパンの前に小さな染みができている。それを見て更に興奮し、鼻息荒くジッパーを下ろしてゆく。

「あ……」

観念したのか、歩が腕をクロスさせて目を覆った。

水色のボクサーブリーフは、淡い白濁でしっとりと濡れていた。そして布地の下にある小ぶりなペニスの形をくっきりと浮き立たせ……。

「うう……っ」

言葉にならない声を上げ、雄大は猛然とシャツを脱ぎ捨てた。

ズボンの前は、はち切れんばかりに膨らんでいる。ベルトを外し、息を吐きながら慎重にジッパーを下げる。

紺色のボクサーブリーフは卑猥な形に盛り上がり、ずり下がったウエストから先端がはみ出していた。

歩の耳が真っ赤になったのを見て、腕の隙間から覗き見ていることを確信する。恥ずかしくて直視はできないけれど、やはり気になるのだろう。

歩に見せつけるように、雄大はゆっくりと下着を下げた。

ぶるんと大きく揺れて、逞《たくま》しい男根が露《あら》わになる。血管が浮いた太くて長い竿《さお》、大きく笠を広げた肉厚の亀頭——自分が歩の体に興奮しているように、歩にも己の体を見て興奮して欲しい。

「……あ……」

腕をずらした歩が、雄大のものを目の当たりにして紅茶色の瞳を潤ませる。

歩も欲情している証拠に、歩のペニスも濡れた下着の中で頭をもたげ始めていた。

「歩……！」

もう限界だ。ズボンごと下着も脱ぎ捨てて裸になり、雄大は獣のように歩の上に覆い被《かぶ》さった。

「ゆ、雄大さん……っ」

重なったふたりの体の間に手を入れて歩のパンツを脱がせようとするが、焦っているせいかうまくいかない。

パンツを脱がせるのは諦めて、濡れた部分に自身の高ぶりを押しつける。

「あ……っ」

歩のペニスが、下着の中でびくびくと震えるのがわかった。

初々しい反応に煽られ、亀頭から先走りが溢《あふ》れ出る。

「これは？　こういうことしてもいいか？」

ゆるゆると腰を動かし、性器同士を擦り合わせる。下着越しなのがもどかしいが、もう脱がせている余裕はなかった。

「……は、はい……」

睫毛を伏せ、歩が恥ずかしそうに頷く。

雄大の厚い胸板の下で、歩は呼吸を乱して胸を激しく上下させていた。

(う……っ)

シャツの布地に乳首がぷっちりと浮いているのが目に入り、鼻息が荒くなる。

今すぐシャツの裾を捲り上げ、あの可愛い乳首にむしゃぶりつきたい。

しかし今この状態でそんなことをしたら、歯止めが効かなくなりそうだ。

(いやでも見るだけなら……いやいや、高校んとき、それで暴走して失敗したんじゃないか!)

まさぐってしまいそうになる手を必死で押しとどめ、布越しに鑑賞するだけで我慢する。

我ながら鋼《はがね》のような忍耐力だ。歩にいやらしいことをしている時点で忍耐力も何もあったものではないが……。

「……ん、ん、ああ……っ」

ふいに歩が、悩ましげな声を上げてしがみついてきた。

無意識なのか、わかってやっているのか、より激しい摩擦を求めるように足を絡めてくる。

牡の本能が燃え盛り、雄大は腰を突き上げた。

性器を擦り合わせているだけなのに、たまらなく気持ちいい。

想い続けた愛しい相手が、この腕の中にいるのだ――。

「あ、あ、あああ……っ」

艶めいた声を上げて、歩が下着の中で二度目の射精を迎える。

「歩……！」

雄大もそれに続き、下着の上から歩の膨らみに亀頭を突き立てて射精した。

――一瞬、頭の中が空っぽになるほどの強烈な快感だった。

しばらくふたりで固く抱き合ったまま、はあはあと荒い呼吸をくり返す。

セックスにはほど遠いのに、これまでの経験はなんだったのかと思うほど気持ちよかった。

歩とふたりで快感を分かち合えた悦《よろこ》びに、体の奥底から感動が込み上げてくる。

「あの……」

濡れた下着が気持ち悪いのか、やがて歩がもじもじと身じろぎを始めた。

「どうした？」

歩の髪を撫でて、額にキスをする。

歩はくすぐったそうに首を竦め、視線を泳がせながらおずおずと切り出した。

「……今はこれが精一杯です……。あとは、もう少し時間をください……」

「ああ、わかってる。今はこれで充分だ」

そう言って、雄大は歩の体を抱き寄せて仰向けに寝転がった。

セックスを急ぐつもりはない。実を言うと雄大にも余裕がなさ過ぎて、今はまだ歩に痛い思いをさせずにやり遂げる自信がなかった。

「八年も待ったんだ。じっくり時間をかければいいさ」

「はい……」

歩がほっとしたように睫毛を伏せる。

そのまま雄大の腕枕で微睡《まどろ》みかけていた歩が、ふと思い出したように顔を上げた。

「そういえば……さっきの手紙の話ですけど」

「え？　ああ、下駄箱に入れたやつ？」

「ええ、あの……それ、出席番号確かめて入れました？」

「へ？　いや、出席番号は見てないけど、ちゃんと一年三組の山本ってところに入れたぞ」

ふいに歩がくすくす笑い出し、シーツをたぐり寄せて顔を覆った。

「え？　何？　どうした？」

歩がシーツをずらし、雄大の目を見て笑みを浮かべる。

「僕のクラス、山本姓が三人いたんです」

歩の言葉に、雄大は「え……っ」と言ったきり絶句した。

言われてみれば、山本は花丘に多い名字だ。小学校から高校までクラスに最低ふたり、多いときは四人いたことを思い出す。

「……ってことは俺、間違えて入れたんだろうか……」

「多分そうだと思います。今思い出したんですけど、同じクラスの山本さんていう女の子の下駄箱に気味の悪い手紙が入ってるって一時期問題になってました。宛名も差出人の名前もなくて、読んでも意味がわからないって」

「……確かに他人が読んだら気味が悪いとしか思わないよな……」

歩を抱き寄せたまま、雄大は深々とため息をついた。

必死の思いで書いた手紙が、まさか正体不明のストーカー扱いされていたとは。

「それで返事が来なかったのか……」

「まさか僕宛だったとは思いもしませんでした。詳しい内容は聞いてませんでしたし」

「間違えずに入れてたら、返事くれてたか？」

そう聞かずにはいられなかった。

歩が笑みを浮かべ、小さく頷く。

「……でも、これでよかったんだと思います。あの頃の僕は、まだあなたとつき合う準備ができていなかったから」

「あー……うん。まだ十五だったもんな」

歩の言わんとしていることを察して、雄大は苦笑した。

自分もそうだ。十八歳の自分は、欲望をコントロールする術《すべ》を持っていなかった。もしあの頃つき合い始めていたら、暴走して歩を傷つけてしまったかもしれない。

歩の言うとおり、自分たちには八年の時間が必要だったのだろう。

「ところで確認しておきたいんだが……今日から俺たちは同居じゃなくて同棲ってことでいいのかな」

髪を撫でながら問いかけると、歩の頬がみるみる赤くなる。

潤んだ瞳でじっと雄大の目を見つめ……歩は小さく「はい」と頷いた。

うさぎさんもリミット寸前

八月最後の週末、花丘市《はなおかし》では毎年〝花丘カーニバル〟なる催しが行われる。昭和五十年代に始まった鳥居川《とりいがわ》河川敷での花火大会に端を発し、地元の青年会や市の観光課の協力のもと年々発展を遂げ、今では全国的に知られるほどの大きな祭りになっている。土曜の昼間は、市民グループが花丘音頭を踊りながら駅前の大通りを練り歩く。翌日曜日は花丘音頭を現代風にアレンジした楽曲を使い、県内各地から集まったダンスチームが独自の振りつけで腕を競う。

駅前広場にはB級グルメの屋台村ができ、大道芸人がそこかしこでパフォーマンスをくり広げ、花丘駅から城下界隈《かいわい》にかけてのエリアは大勢の人出で賑《にぎ》わう。

メインイベントは、なんといっても土曜の夜の打ち上げ花火だ。

鳥居川の河川敷に設けられた観覧席のチケットは発売と同時に売り切れ、川沿いの道は花火見物の客でごった返す。

近年はホテルの上層階やデパート屋上のビアガーデンなどがこぞって花火見物プランを提供し、人混《ひとご》みに悩まされることなく優雅に花火を楽しむ向きも増えてきた。

――そして、小谷歩《こたにあゆむ》が勤務する87《ハチナナ》デザインオフィスが入居する四つ葉《よつば》ビルヂングでも、とっておきの花火見物の席が用意されているらしい。

「え……四つ葉会で花火見物をするんですか？」

キッチンで食器を片付けていた歩は、振り返って渡辺雄大《わたなべゆうだい》の顔を見上げた。

「ああ、毎年恒例なんだ。そろそろ幹事から連絡メールが来る頃だと思う」

風呂から上がってきた雄大が、首にかけたタオルで髪を拭《ふ》きながら答える。

雄大はパジャマのズボンだけを身につけ、上半身は裸だった。浅黒い肌の逞《たくま》しい体にどきりとし、かあっと頬《ほお》が熱くなる。

慌てて視線をそらして、歩は手にしていた皿を戸棚にしまった。

まったく、つき合い始めてもう一ヶ月になるというのに、いまだに恋人の裸を直視できないとは……。

「……実は花丘カーニバル行ったことないんです。両親も僕も人混みが苦手だったので……」

赤くなった顔を見られないように、雄大に背を向けたまま、せかせかとグラスを拭く。

「大丈夫。現地には行かずに屋上から眺めるだけだから」

「屋上……?」

雄大の声が近づいてくるのを意識して、体が硬くなる。

自意識過剰だと言い聞かせるが、昨日キッチンで皿を洗っているときに背後から抱き締められたばかりなので、どうしても身構えてしまう。

決して嫌だからではない。嫌ではないのだけれど、まだ恋人同士のスキンシップに慣れていなくて、おどおどと挙動不審になってしまう自分が嫌なのだ。

「そう。五階にオーナーが住んでるのは知ってるだろう？　その上が屋上。普段はもちろん立ち入り禁止なんだけど、年に一度、花火の日だけ開放してくれるんだ」

言いながら、雄大は歩の隣に立ってシンクに手をついた。

しまった。雄大がキッチンに入ってくる前に、さりげなくこの場を離れるべきだった。

これではまるで、抱き締められるのを待っていたようではないか。

（……ある意味待ってるのかも。自分からはなかなかアクションを起こせないくせに、僕は雄大さんに触られたり抱き締められたりしたいと思ってる）

自分の欲望を素直に表すことができたらいいのに。

そうすれば雄大に気を遣わせることなく、ふたりきりの時間をもっとリラックスして楽しく過ごすことができるはずだ。

「……楽しみですね」

自分が黙りこくっていたことに気づき、遅ればせながら返事をする。

さりげない感じで言いたかったのに、棒読みになってしまった。どうして自分は雄大の前で自然に振る舞えないのだろう。

「えーと……もしかして昨日のこと、まだ怒ってる？」

雄大が遠慮がちに切り出す。

その言葉に、歩は驚いて振り返った。

「そんな、怒ってなんていません。ほんと、全然……っ」

目が合うと、雄大が眩《まぶ》しげに目を瞬《しばたた》かせる。

「だけど俺、ちょっと強引だったよな」

「ええでも、ほんと、全然怒ってるとかそういうんじゃなくて……っ」

うまく説明できなくて、口ごもってしまう。

——確かに急に抱き締められてびっくりしてしまったが、背中に密着した逞しい体の感触に、歩の官能は瞬く間に甘く高ぶった。

ソファに運ばれて口づけられ、体中を愛撫され……半裸で抱き合って絶頂を迎えたときには、とろけるような快感に満たされた。

高校時代の一件を気にしているらしく、雄大はかなり欲望をセーブしている。決して無理に押し進めるようなことはしないし、歩が少しでも嫌がる素振りを見せると、手を止めて先へ進んでいいか尋ねてくれる。

けれど、雄大も若い健康な男だ。ときには我慢の限界という感じで、ゆうべのように強引に迫ってくることもある。

そういうとき雄大が見せる牡の貌《かお》に、歩の心と体はひどくかき乱される。

無理やり犯されたいと思っているわけではない。雄大が垣間見せる生々しい欲望に歩の中に潜む欲望が反応して、いつも以上に高ぶってしまうのだ。

そういったことを伝えたかったが、言葉が見つからなかった。

雄大の大きな手がそっと伸びてきて、俯《うつむ》きかけた歩の顎《あご》を優しく掬《すく》い上げる。

「正直に言って欲しい。歩が何を考えてるのか、どう思ってるのか知りたいんだ」

「………」

雄大の真摯《しんし》な表情に、胸がじわっと熱くなる。

紅茶色の瞳を欲情に潤ませながら、歩はそっと唇を開いた。

「……雄大さんに触られるの、全然嫌じゃないし、高校のときみたいに怖がってるわけじゃないんです。ただ僕はこういうことに慣れてなくて、いちいち緊張してしまって……」

歩の答えに、雄大が少し表情をやわらげた。

「どうやったら緊張をほぐせる？」

「え？　ええと……」

「一緒に考えよう」

手を握られて、またしてもびくりとしてしまった。

けれど雄大は気にした様子はなく、歩の手を引いてソファへ誘導する。並んでソファに座ると、雄大は歩のほうへ向き直った。

「えーと……実は俺も、きみがうちにいることに結構緊張してる」

「……っ」

告げられた言葉に、さあっと血の気が退《ひ》いてゆく。

自分のことにだけ気を取られていて、雄大に窮屈な思いをさせていることに気づいていなかった。

「ああいや、悪い意味じゃないんだ。なんというか、俺ときどき昨日みたいにたがが外れることがあって……」

タオルで額に浮かんだ汗を拭《ぬぐ》いながら、雄大がしきりに瞬きをくり返す。

「いやもっとぶっちゃけて言うと、きみが傍《そば》にいるだけで興奮してる。普段は結構必死で抑えてるんだが、いつか暴走して嫌われてしまうんじゃないかと心配で」

「そんな、僕が雄大さんを嫌いになるなんてあり得ません」

雄大の懸念を知って、歩は慌てて否定した。

高校時代、暴走した雄大に乱暴なことをされたときも、自分は彼を嫌いになることはできなかったのだ。

「けど、俺が頭ん中で何考えてるか知ったら、きっと引くと思う」

「頭の中では何を想像するのも自由です」

きっぱり言うと、雄大が声を立てて笑った。

「そう言ってもらえると嬉《うれ》しいよ。で、きみの緊張は何が原因？」

雄大の問いかけに、自分の気持ちを言葉にするべく考える。

ふと歩は、自分が先ほどよりもずいぶんと落ち着いていることに気づいた。

（ああそうか、僕が緊張してるのを知って、雄大さんは敢《あ》えて自分のことを話して場の空気をやわらげてくれたんだ）

高校の頃の雄大はどちらかというと無口で口下手な印象だったが、思い返してみるとこういう思いやりや気遣いは昔から彼の中にあったと思う。

「僕は……スキンシップに慣れていないから、挙動不審になってしまうんだと思います。嫌がってるとか拒絶しているとか誤解されたくないので、もっと自然に振る舞いたいんですけど」

いったん言葉を切って、歩は自分の中のもやもやした気持ちを整理した。

「自然に、リラックスして、と思えば思うほど緊張してしまって」

口に出してみると、実に単純な理由だ。歩には赤面してしまう癖《くせ》があるが、自分の顔が赤くなっていることを意識するとますます赤くなってしまうのとよく似ている。

「なるほど。じゃあ解決法はひとつだ」

歩が大好きな大きくて肉感的な唇に、魅力的な笑みが浮かぶ。

そっと抱き寄せられて、歩はおずおずと雄大の肩にもたれた。

「俺たちに必要なのはスキンシップに慣れることだ。きみの場合はリラックス、俺の場合は自制心の鍛錬のために」

「鍛錬……するんですか?」

ふと不安になって、歩は雄大を見上げた。

つき合い始めて一ヶ月になるが、まだセックスにまでは至っていない。キスして、互いの体に触って、初めてのときのように性器を擦《こす》り合わせるのがいつものコースだ。

ネットで得た知識によると、男同士のカップルの中には敢えて挿入を伴うセックスを選択しないケースもあるらしいが、もしかして雄大もこのままセックスなしでつき合っていくつもりなのだろうか……。

じっと雄大を見つめていると、ふいに唇を塞《ふさ》がれた。

「……ん……っ」

小さく息を呑《の》み、目を閉じてキスに身を委《ゆだ》ねる。

熱い舌が口腔内に忍び込み、歩の舌に情熱的に絡んでくる。思考が痺《しび》れ、唇が透明な糸を引いて離れる頃には、体はすっかり熱く高ぶっていた。

「ベッドに行こう」

耳元で囁《ささや》かれ、こくりと頷《うなず》く。立ち上がるより先に横抱きに抱き上げられたので、慌てて歩は雄大の首に手をまわしてしがみついた。

——このところ、雄大の寝室がふたりの寝室になりつつある。

『あのさ、こういうことする日もしない日も、俺の部屋で一緒に寝ないか?』

つき合い始めて間もない頃、雄大がそう提案してくれた。

ベッドは雄大の体格に合わせたダブルサイズなので、一緒に眠るのにも支障はない。

ふたりとも働いており、特に雄大は多忙なので、こんなふうに触れ合うのは週に三日程度だ。雄大を待っているうちに眠ってしまうこともあるが、夜中にふと彼の温《ぬく》もりを感じたり、朝目覚めたときに隣に雄大がいる幸せは、何ものにも替え難い。

「……っ」

ベッドに下ろされると同時に、雄大の大きな手がもどかしげにTシャツを捲《まく》り上げてくる。つんと凝《しこ》った乳首に口づけられ、歩はびくりと体を震わせた。

淡い桃色の小さな乳首は、高校時代に雄大によって目覚めさせられた歩の性感帯だ。

一ヶ月前に互いの想いを確かめ合ったとき、雄大はそこには触れようとしなかった。興味を失ってしまったのだろうかと不安になったが、あとから雄大が自分を怖がらせないよう自制していたことを知ってほっとした。

「ん……、あ、あ……っ」

右の乳首を指で捏《こ》ねまわされ、左の乳首を舌先でくすぐられる。

無意識に内股を擦り寄せながら、歩は快感に身悶《みもだ》えた。

雄大が息を荒げ、歩のパジャマのズボンに手をかける。下着ごとずり下ろされて、小ぶりなペニスがぷるんと飛び出す。

「あ……」

雄大の視線を感じて、歩のそこはぴんと真っ直《ます》ぐ勃《た》ち上がった。

初々《ういうい》しいピンク色の亀頭から、透明な先走りが溢《あふ》れてくる。

――初めてそこを雄大に見られたときは、羞恥とショックで少し泣いてしまった。性器の大きさや形状にコンプレックスは持っていないつもりだったが、雄大のものに比べるとあまりに未熟で、そのことが無性に恥ずかしくなってしまったのだ。

けれど雄大は歩のそれが気に入ったようで、涙ぐむ歩を宥《なだ》めながら大きな口でぱっくりと咥《くわ》え……。

「ちょ、ちょっと待って……っ」

いつものように口で愛撫されそうになり、歩は慌ててストップをかけた。

淡い陰毛を指先でくすぐりながら、雄大が怪訝《けげん》そうに顔を上げる。

「嫌か？」

「いえ、そうじゃなくて……」

言いながら、歩は体を起こして下着とズボンを穿《は》き直した。

スキンシップに慣れるためには、自分も努力しなくてはならない。一方的に愛撫されるだけでなく、もっと積極的に雄大の体を見たり触れたりしなくては……。

「あの、僕も鍛錬したほうがいいと思うんです」

頬を染めて申し出ると、雄大が目をぱちくりさせた。

「鍛錬って、何を？」

「スキンシップの鍛錬です。だからその……今日は僕にやらせてください」

「……え？」

「雄大さんのを……く、口で」

早口で言って、歩は睫毛《まつげ》を伏せた。

雄大が「ええっ⁉」と叫び、弾《はじ》かれたようにベッドの上に起き上がった。

「いやあの、無理しなくていいんだぞ？　俺別にそういうつもりで言ったわけじゃ……」

「わかってます。僕が、したいんです」

顔を上げ、雄大の目を見て訴える。雄大はまだ戸惑っているようだった。

その表情に、言うつもりのなかった言葉が口から飛び出してしまう。

「僕は……雄大さんが思ってるよりも大人です。だからその、い、いやらしいこととかいっぱい想像してますし……っ」

ふいにがばっと抱き締められて、歩は息を喘《あえ》がせた。

「雄大さん……？」

「……よかった。いやらしいこと考えてるの、俺だけかと思ってた」

雄大の声が、肩口から直《じか》に響いてくる。愛しい気持ちと切羽詰まったような欲情が込み上げてきて、歩は雄大の胸に手のひらを当てた。

「そんなことないです。僕も……」

硬い筋肉の感触を確かめながら、手のひらを下腹部へと滑らせてゆく。遠慮がちにパジャマのズボンの上から逞しい勃起に触れると、雄大が低く呻《うめ》いた。

「ちょ、ちょっと待ってくれ。心の準備が……」

歩の肩をやんわりと押して、雄大がひどく焦った様子でベッドから降りて背中を向ける。

「嫌なら無理には……」

あまりにも動揺した様子の雄大に、心配になって声をかける。

「いや！　嫌じゃないんだ、本当に」

くるりと振り返った雄大の股間は、ズボンを突き破らんばかりに隆起していた。

思わずうっとりと見つめ、吐息を漏らす。あの太くて硬いものを口に含んだら、いったいどんな感じがするのだろう……。

「歩……無理しなくていいんだぞ。ほんと……」

言いながら、雄大が下着ごとパジャマのズボンを脱ぎ捨てる。

屹立した性器がぶるんと勢いよく飛び出し、歩の官能を激しく揺さぶった。

「ここに座って……そう」

床にひざまずこうとした歩をベッドの端に座らせて、雄大が意を決したようにその前に立ちはだかる。

「……あ……」

目の前にそそり立つ男根に、歩は瞳を潤ませた。

太くて長い茎が、裏筋を浮き立たせて反り返っている。根元の玉はたっぷりと精液を湛《たた》えて重たげに揺れ、大きく笠を広げた亀頭は先走りでぬらぬらと光り……。

もっと間近で見たくて、歩は雄大の腰に手を伸ばして引き寄せた。

雄大が一歩前に出た拍子に、男根がぶるんと揺れて歩の鼻先を掠《かす》める。

（……おっきい……）

こんなふうにまじまじと見たのは初めてで、歩は食い入るように観察した。

割れた腹筋、臍《へそ》の下から繋《つな》がった黒々とした繁み、逞しい太腿《ふともも》、石鹸《せっけん》の香りに混じる牡の性臭——何もかもが歩の心を熱く疼《うず》かせる。

吸い寄せられるように、歩はそっと裏筋に舌を這《は》わせた。

「う……っ」

雄大が呻き、同時に性器もびくっと動く。

（……こんなに太いなんて……）

雄大の手に導かれて握ったり扱《しご》いたりしたことはあるので、その質感はよく知っている。

けれどいざ口に咥えようとすると、あまりの大きさにくらくらしてしまった。

全部は無理かもしれないが、先端だけでも咥えたい。茎を握ってこちらに向けさせ、凶暴なほどに大きく怒張した亀頭を唇で包み込む。

「うおお……っ」

雄大が叫び、腰を引いて逃げようとした。

そうはさせまいと、雄大の腰を摑《つか》んで夢中でむしゃぶりつく。

初めて口に含んだ男性器は、しょっぱいような苦いような不思議な味がした。自分とは全然違う大きさと形に、体の芯が熱く燃え上がってゆく。

もっと深く咥え込みたかったが、亀頭だけで精一杯だった。それでも雄大に気持ちいいと思って欲しくて、歩はいつも彼がしてくれているように口腔内の粘膜で丁寧に扱いた。

「歩、やばい、もういいから……っ」

射精が近いのか、雄大が歩の口から男根を取り上げようとする。

(雄大さん、いつも僕の飲んじゃうくせに)

少々意地になって、歩は雄大のものをしゃぶり続けた。いつもリードされてばかりの自分が主導権を握っていることに、密《ひそ》かな快感も芽生えてくる。

「歩、よせ、無理するな……っ、うああ……っ!」

口の中で雄大がどくんと大きく跳ね、苦い味が広がってゆく。

濃厚な精液をたっぷりと発射されて、歩は思わず噎《む》せて咳き込んだ。

「飲み込むな、全部吐き出せ」

雄大が歩の首根っこを摑み、ベッドに放り投げてあったタオルで口のまわりを拭う。

「だ、大丈夫です……っ」

半分吐き出し、半分飲み込んで、涙目になりながら歩は声を絞り出した。

「無茶するなよ……ほんとに」

隣に座った雄大に肩を抱き寄せられて、歩は口をへの字に曲げた。

「無茶したわけじゃありません。ずっと……したかったんです」

雄大が顔を覆って、「ああ……」と声を出してため息をつく。

「すまん。俺のほうが、まだ心の準備ができてなかった。まさか今日こんな……わかってたらもっと丁寧に洗って、一回抜いておいたんだが」

「僕も……準備不足でした。上手《うま》くできなくて……」

「いや、すごく気持ちよかった。気持ちよすぎてやばかった」

「ほんとに？」

「ああ」

「じゃあ、またしてもいいですか？」

「もちろんだ。だけど、その前に……」

雄大の手が、歩の股間に伸びてくる。

雄大に触られて、歩は自分の下着がいつのまにか先走りで濡れていたことに気づいた。

「今度は俺の番だ」

「あ……っ」

ベッドに押し倒されて、声が甘く上擦ってしまう。

大きな口で愛撫される予感に、歩の体はたちまち熱くとろけていった――。


目覚めると、ベッドに雄大の姿がなかった。カーテンの隙間《すきま》から明るい日差しが差し込んでいる。時計を見ると、六時をまわったところだった。

(ジョギングかな……)

雄大は週に四、五回、朝か夜に近所のランニングコースを走っている。

仕事で疲れて帰宅し、更に走りに行こうとする彼に、歩は心配になって尋ねたことがある。

『明日の朝も早いんですよね？　昨日もたっぷり走ったし、今夜はお休みしたら……』

『いや、平気。こういう忙しいときほど頭を空っぽにしたいんだ。走ってるときは何も考えないから』

そう言って、雄大は軽やかに出かけていった。ジョギングは彼なりのストレス解消法なのだろう。

寝返りを打って、歩は小さく息を吐いた。

——ゆうべは大胆な真似をしてしまった。雄大と顔を合わせるのが、少々気恥ずかしい。

（でも……停滞気味だった関係が一歩前進したし）

緊張してしまう理由も話せたし、それを解決する方法を話し合い、試すこともできた。

雄大が狼狽《うろた》える姿を思い出し、口元に笑みが浮かぶ。

自分だけでなく彼も心の準備を必要としていたことに、心の中がじわっと温かくなる。

あのあと歩は体中を愛撫され、雄大の口の中で絶頂を迎えた。雄大がセックスを避けているのでは、などと心配していたが、どうやら杞憂だったようだ。

雄大は、歩が思っている以上に高校時代の暴走を悔やんでいる。自制心を鍛錬すると言っていたのも、そのせいだろう。

だったら、ゆうべのように自分が積極的になればいい。歩も雄大を欲しがっていることを伝えればいいのだ。

（問題は、どんなふうに誘うか……）

セックスしましょう、と口にするのは色気がなさすぎる気がする。

ずっと好きだった初恋の人と初めて結ばれるのだ。もっとロマンティックに、忘れられない特別な夜にしたい。

（花火大会……いつだったっけ？）

ふと思い出し、体を起こして壁のカレンダーを見上げる。

――三週間後の土曜日だ。いろいろ準備して迎えるのに、ちょうどいい時期ではないだろうか。

そう考えると居ても立ってもいられなくなり、歩はベッドから跳ね起きた。

◇◇◇

――八月最後の土曜日。その日は朝から快晴だった。

花丘音頭は史上最多数の観客を集め、大いに盛り上がったらしい。城下方面にも大勢の観光客が訪れ、県庁通りも賑わっていた。

午後七時四十分。四つ葉ビルヂングの屋上には、昼間の熱がまだ残っている。

花火大会は八時から九時まで。花火を見ながら軽くビールなどを飲んで、そのあと地下のフォルトゥーナに移動して二次会、というのが四つ葉会のお決まりのコースだという。

「おおっ、小谷くん、浴衣《ゆかた》なんだ。いいねえ」

屋上の扉を開けた藤原《ふじわら》歯科クリニックの若先生が、歩を見て歓声を上げる。

今夜の歩は、紺色の絣《かすり》の浴衣姿だ。濃紺の浴衣が、ほっそりした色白の体をいつもより大人びて見せている。

対照的に、若先生はハイビスカスが描かれたアロハシャツにショートパンツ、ビーチサンダルというリゾートスタイルだ。日頃の姿とギャップがありすぎて、一瞬誰だかわからなかった。

「ええ……せっかくの機会なので」

はにかんだ笑みを浮かべる歩に、若先生と一緒にやってきた重実《しげざね》が目を丸くしている。

「……すごく似合ってます！」

「ありがとう」

「滅多にしゃべらない重実くんが褒めてる、これはすごいことだ」

若先生に茶化されて、重実が真っ赤になった。

専門学校を出て就職したばかりだという重実は、可愛らしい顔立ちの好青年だ。前にボウリング大会で同じチームになり、年が近くて大人しい者同士、親近感を覚えて仲良くなった。

「若先生、私たちも浴衣ですよー」

美容院のスタッフや出版社の営業の女性が、袖を広げて唇を尖《とが》らせる。

「もちろんきみたちも素晴らしい。けど、小谷くんのは新鮮でさ。ほら、四つ葉会の男性陣で浴衣着てくる人って珍しいから」

「今年は僕も浴衣です」

先に来ていた出版社の中年男性が話に加わり、少々突き出た腹をぽんぽんと叩《たた》いてみせる。

「妹尾《せのお》さんのは旅館の寝間着。色気皆無」

「ひどいなあ」

皆がどっと笑うが、歩は冷や汗が出る思いだった。

雄大との特別な夜にしたくて張り切って浴衣を着てきたが、ふたりきりのデートならともかく、四つ葉会の集まりでは少々浮いているような気がする。

奮発してデパートで一式購入し、着付け講習会にまで参加してしまった。自分の鼻息の荒さが気恥ずかしくなり、今すぐ着替えたくなってくる。

「あら、皆さん早いのね。買い出し部隊はさっき下に到着したところよ」

法律事務所の守屋《もりや》がやってきて、一同を見渡した。彼女もシックな浴衣姿だ。着慣れているらしく、アップにした髪や下駄の足さばきが板に付いている。

一緒に来た歯科クリニックの事務局長の藤原と出版社の編集者の坪井《つぼい》も浴衣姿だった。浴衣仲間が増えたことに少しほっとして、歩は「じゃあ運ぶのを手伝いに……」と扉に向かった。

「ああ、平気平気。荷物そんなに多くないし」

「それじゃあ我々はテーブルを運びましょうか」

どこかの事務所が貸してくれたらしく、事務机がふたつとパイプ椅子が十脚ほど置いてある。若先生と妹尾、歩と重実が協力して事務机を持ち上げて花火がよく見える位置へ運んでいると、屋上の扉がばたんと開いた。

「皆さんお待たせしました。ビールとおつまみ到着でーす」

ダンボール箱を手に現れたのは、法律事務所の難波《なんば》だ。続いてフラワーショップの丹原《たんばら》、最後に両手にクーラーボックスを提げた雄大の姿が見えて、胸がどくんと高鳴る。

屋上にやって来た雄大は、真っ先に歩の姿に目を止めた。今夜浴衣を着ることは内緒にしていたので、驚いたように目を見開いて固まっている。

「あら、渡辺くんは浴衣じゃないんだ。残念」

守屋が独り言のように呟《つぶや》き、傍らで藤原と坪井が深々と頷く。

「ここに置いていいかな」

難波がダンボールから冷えたビールを出して配り、丹原が烏龍茶《ウーロンちゃ》とジュースのペットボトル、おつまみのスナック類を机に並べる。

「紙コップ、こっちにまわして」

「花火そろそろ始まるんじゃない？」

皆が口々に言いながら手伝い、普段はひとけのない屋上が賑やかにざわめく。

机の脇にクーラーボックスを置いた雄大は、真っ直ぐに歩のところへやってきた。

「……浴衣なんだ」

「……ええ」

「すごく似合ってる」

雄大の言葉に、歩はぱあっと頬を赤らめた。先ほど重実に言われたときはさらっと受け流すことができたのに、雄大に言われると体の芯がじんと熱くなる。

「……っ」

見上げた雄大の目に、欲情の色がありありと浮かんでいた。誰もいなかったら、今すぐ抱き締められてキスされていただろう。それを想像し、歩の官能も激しくかき立てられる。

「――！」

雄大の瞳が、ふいに赤く染まる。

少し遅れて聞こえてきたパンという大きな破裂音に、歩ははっと我に返った。

「始まったー！」

「一発目、すごい綺麗《きれい》だったね」

四つ葉会の面々から大きな歓声が上がる。

振り返ると、赤い花火が形を崩しながらゆっくりと落ちていくところだった。思っていた以上に距離が近い。こんなに間近で花火を見たのは初めてだ。

「ああ……ええと、なんか飲もうか」

雄大も我に返ったらしく、少々ばつが悪そうに目をそらしている。

「そうですね」

ふたりで連れだって事務机に近づくと、若先生が缶ビールを二本差し出してくれた。

「ビールでいい？　あ、渡辺くんは今日は車だっけ」

「ええ、烏龍茶お願いします」

「小谷くんはビールでいい？」

「はい」

「小谷さん、これ、美味《おい》しいですよ」

重実がやってきて、いそいそとおつまみを勧める。

事務机の向こうからその様子を見守っていた守屋が、両脇の藤原と坪井にちらりと目配せをした。

「あの可愛い歯科衛生士くん、気づいてないみたいね……」

「あんなにはっきりと〝つき合ってます〟オーラ出してるのにね……」

「ま、世間的にはルームシェアの同居人ってことになってるから……」

――そんなことを囁かれているとは露知らず、歩は雄大とともに若先生や重実、ボウリング大会で同じチームだった美容師らと乾杯した。

しばし皆で談笑し、会話が途切れたところでさりげなく輪を離れ、雄大と一緒に手すりのそばへ向かう。

「花火、こんなに間近で見たの初めてです」

「ああ、人混みかき分けなくて済むし、ここは特等席だよな」

花火を見上げながらも、歩は隣に立つ雄大を意識して気もそぞろだった。

どのタイミングで、どうやって切り出せばいいのか。そもそも、自分はその気になっているけれど雄大も同じとは限らないわけで……。

歩が花火を見つめたままぐるぐると悩んでいると、背後から難波の声が降ってきた。

「あー、ここにいたのか。おまえの車のトランクに買い物袋一個忘れてきたみたいなんだ。ポテチが入ってるやつ」

「ああ……ポテチ買ったはずなのに見当たらないなーと思ってたんです。すぐに取りに行きます」

雄大が振り返り、ジーンズのポケットを探って車のキーを取り出す。

「悪いな」

「いえ。じゃ、ちょっと行ってくる」

歩にそう囁いて、雄大は大股で扉へ向かっていった。

残された歩を、難波が意味ありげな笑みを浮かべて見下ろす。

「あいつとは順調?」

「えっ？　ええ、おかげさまで」

難波はふたりがつき合っていることを知っている。あとから聞いたのだが、歩が家から出て行こうとしていることを知った雄大は酔って難波の家に泊まり、すべてぶちまけてしまったらしい。

『すまんほんと……。だけど難波さんは信頼できる人だから、心配しなくて大丈夫だ』

雄大が信頼できると言っているなら大丈夫だろう。難波とは個人的に話す機会もないので、歩は彼に知られていることをすっかり忘れていた。

「そうか、よかった。きみたちにはうまくいって欲しいから」

「………」

その言葉に、歩は首を傾《かし》げた。まるで他にうまくいかなかったカップルがいるような言い方だ。

「おおー、ハート形！」

歩の疑問は、花火を見上げた難波の大きな歓声によって遮られた。

今夜の難波は、やけにテンションが高い。楽しんでいるというより、どこか自棄《やけ》になっているような印象だ。

(もしかして、難波さんの恋はうまくいってないのかな)

雄大からは何も聞いていないが、難波がもてるという話は四つ葉会の面々から聞いている。

都会的で華やかで、歩の目にはすべてを持っているように見える難波にも、恋の悩みがあるのだろうか。

「難波さんと小谷くん、一緒に写真撮ってもらっていいですか？」

「いいよー、喜んで」

浴衣姿の美容師の女性に声をかけられ、難波が上機嫌で振り返った。


（遅いな……どうしたんだろう）

写真撮影のあと、歩は皆の輪から離れて屋上の扉に向かった。

あれから十分以上経《た》つのに、雄大がまだ戻ってこない。

車に忘れ物を取りに行ったにしては時間がかかりすぎている。駐車場はビルの真裏だから、そう遠くはないはずだ。

何かあったのではと心配になり、歩は慣れない下駄履きで慎重に階段を下りた。

五階に下りると、オーナーの住居のあるフロアはひっそりと静まり返っていた。

ドアの前を通り過ぎて、エレベーターホールへ向かう。やってきた箱に乗り込んで、歩は一階のボタンを押した。

このエレベーターに乗ると、雄大とふたりで閉じ込められたときのことを思い出してしまう。

あのときは、酸欠で倒れるのではないかと思うほど緊張してしまった。あとから雄大も同じ気持ちだったと聞いて、ふたりで顔を見合わせて笑ってしまった。

互いに忘れたふりをしていたときのことは、今となっては笑い話だ——。

「——あ！」

エレベーターが一階に着き、扉が左右に開いた途端、歩は声を上げた。

「あれ？　なんか用事？」

スーパーのレジ袋を手にした雄大も、驚いたように目を見開いている。

「いえ、なかなか戻ってこないので心配になって……」

「ああ、すまん。駐車場に行くまでの間に車のキーを落として、探すの手間取ってたんだ」

言いながら、雄大が箱に乗り込む。その反動で、年季の入ったエレベーターがぐらりと揺れた。

雄大もあのときのことを思い出したのだろう。歩を見下ろして、照れくさそうな笑みを浮かべる。

「ふたりきりでこのエレベーターに乗るの、あれ以来だな」

「ええ……」

じっと見下ろされて、歩は雄大の目に再び欲情の色が浮かんでいることに気づいた。

きっと自分の目も、同じように欲情を湛えているに違いない——。

「……っ」

扉が閉まると同時にレジ袋が床に落ちる音がして、次の瞬間力強い腕に抱き締められる。厚い胸板に顔を埋《うず》め、歩は息を喘がせた。

「浴衣着てくるなんて知らなかった……」

「内緒にしてたんです……驚かせようと思って……」

「ほんと驚いたよ。心臓止まりそうになった」

「……え？」

場違いだとか、そういう悪い意味で心臓が止まりそうになったのだろうか。

「こんな色っぽい格好、できればみんなには見せたくなかった……」

「ええっ？　あ、ちょ、ちょっと……っ」

いやらしい手つきで尻をまさぐられ、焦って歩はもがいた。

ここは職場だ。それに、エレベーター内には防犯カメラもついている。

「ああ、悪い。つい……」

言いながら、雄大は歩を防犯カメラの死角へと押しやった。

壁際で改めて抱き締められ、歩も雄大の背中に手をまわす。

「覚えてるか？　あのとき俺、ほんと必死で我慢してた」

「僕も……今ここで雄大さんに抱き締められたらどうしようって、どきどきしてました」

「それは期待の意味で？　それとも恐怖？」

それには答えず、熱っぽく潤んだ瞳で雄大を見上げる。

身じろぎして雄大の肩に手を置き、歩は自分からキスをしようと背伸びした。

「んん……っ！」

しかし歩が口づけるよりも早く、雄大に唇を塞がれてしまう。

（……こんな場所で……誰かに見られたらまずいのに）

頭ではわかっていても、やめられなかった。

互いの舌を絡め合い、情熱的に貪《むさぼ》り合う。狭い箱の中に、くちゅくちゅと不謹慎な音が響き渡る。

頭がぼうっとして足腰ががくがく震え始めた頃、名残惜しげに歩の唇を啄《ついば》みながら雄大が囁いた。

「歩……二次会パスしてうちに帰らないか……」

「僕も……そう提案しようと思っていたところです……」

「じゃあこれ置いて、気分が悪いから早退するって言ってくる」

「ええ……」

抱き合ったまま、歩はエレベーターが五階に到着するのを待った。

しかしふたりが乗った箱はなかなか五階に着かない。はっとして、歩は扉の上のパネルを見上げた。

「まさか……また止まってません？」

「え？　あ、ほんとだ」

雄大もパネルを見上げて眉根を寄せた。

そして扉の横のパネルに視線を移した途端、可笑《おか》しそうに笑い出す。

「動かないはずだ。行き先の階数押し忘れてる」

「……あ」

慌てて五階のボタンを押すと、エレベーターは何ごともなかったかのようにすうっと上昇を始めた。


「雄大さん、あの……っ」

部屋に入るなりベッドに押し倒され、歩は声を上げた。

「ん？　嫌か……？」

言いながらも、雄大の手は止まらない。右手を浴衣の襟に忍び込ませて胸をまさぐり、左手は捲れ上がった裾から太腿を撫《な》で上げている。

「ま、待って、先にお風呂に……っ」

下着に触れられそうになり、慌てて歩は不埒《ふらち》な手を内股でぎゅっと挟んだ。

夕方浴衣を着る前にシャワーを浴びたばかりだが、念には念を入れたい。

「あとで入ればいい」

「いえあの、今日は特別にしたいんです……っ」

「特別って?」

挟まれた左手をもぞもぞと動かしながら、雄大の右手は乳首を探り当てて弄《いじ》っている。

「……っ、……さ、最後まで……」

「……ええっ?」

歩の言葉に、雄大が驚いたようにがばっと身を起こす。

浴衣はすっかり乱れ、左の乳首と白いボクサーブリーフが露《あら》わになっていた。下着が先走りで濡れていることに気づき、慌てて歩は浴衣を引っ張ってそこを隠した。

「……つまり、その……いいのか?」

雄大の問いに、頬を染めてこくりと頷く。

「無理しなくていいんだぞ?」

「無理してないです。僕も……もう限界なんです」

欲情に潤んだ瞳で、歩は雄大を見上げた。そっと手を伸ばし、日に焼けた頬に触れる。

「雄大さんが、欲しくて……」

雄大が、言葉にならない唸《うな》り声を上げた。猛烈な勢いでTシャツを脱ぎ、ジーンズとボクサーブリーフを脱ぎ捨てる。

「待ってくれ……ええと、もう一回訊くぞ。ほんとにいいんだな？」

「ええ……この日のために準備もしました」

「準備⁉」

雄大が鼻血を噴き出しそうな勢いでくり返す。

「ここに……」

寝返りを打って、雄大が歩用にと置いてくれたナイトテーブルの引き出しを開ける。雄大とセックスすると決めた翌日、ドラッグストアで買った潤滑用のローションだ。

「実は俺も買ってある」

反対側のナイトテーブルに手を伸ばし、雄大が引き出しから何かを取り出す。

雄大が買ってきたのは、潤滑用のゼリーだった。ベッドの上に起き上がり、歩と雄大は互いに準備してきたものを手に取って眉根を寄せた。

「……どっちがいいんでしょう」

「……わからん」

「なんとなくですけど……初心者はこっちのほうがよさそうですね」

「そうだな。じゃあこっちを使ってみるか」

雄大がゼリーの蓋《ふた》を開け、手のひらに出して指先で粘度を確かめる。

その間に、歩はそっと濡れた下着を脱いで床の上に落とした。

予想していたようなロマンティックな展開とはほど遠いが、雄大と戸惑いの気持ちを共有していることが嬉しい。

雄大が過去に何人かの女性とつき合ったことがあるのは知っている。彼は何もかも正直に話してくれて、歩もキス止まりの恋人がいたことを打ち明けた。

雄大は、男性相手と未経験者相手は初めてだという。つまり今夜のセックスは、互いに未知の領域なのだ。

「俺も塗ったほうがいいのかな。あ、ゴム付けるからいいのか」

「いえあの……最初だけ、付けないでしてもらえますか」

意を決して、希望を伝える。本当は付けるべきなのだろうけど、今夜だけは直に彼を感じたい。

「いいのか⁉」

またしても雄大が興奮したように声を上擦らせる。

雄大の濃厚な精液を体内で受けとめたい。恥ずかしい欲望を口にすることはまだ憚《はばか》られて、歩は睫毛を伏せて黙って頷いた。

そっと手を伸ばし、乱れた浴衣姿のまま雄大にしがみつく。

(あ……)

雄大の硬い勃起が下腹部に当たり、体温が上昇する。歩のペニスもぴょこんと勃ち上がり、はだけた浴衣の隙間から初々しい亀頭を覗かせていた。

「すまん……俺はものすごく興奮している……だからちょっと、うまくやれる自信がないんだが」

「僕もです……あ、ゆ、雄大さん……っ」

たまらなくなって、歩は自身のペニスを雄大の裏筋に擦りつけた。

「歩……！」

雄大が鼻息荒く歩をベッドに押し倒し、脚を大きく割り広げる。

「あ……っ」

清楚な蕾《つぼみ》が、雄大の視線に晒《さら》される。

そこを見られるのは初めてではない。スキンシップの鍛錬を始めてから、何度か雄大に指や舌で愛撫された。

初めは恥ずかしくてたまらなかったが、セックスのためには必要なことだと言い聞かせ、羞恥に耐えた。愛撫されているうちに快感に乱れて我を忘れるものの、何度見られてもそのたびに恥ずかしくて緊張してしまう。

「大丈夫だ。無理なことはしないから……」

歩の緊張を感じ取ったのか、雄大も気持ちを落ち着かせるように息を吐いていた。

「ああ……っ」

きゅっと窄《すぼ》んだ蕾に熱い舌を這わされ、じわっと快感が広がってゆく。

雄大の舌は、そこをほぐしに取りかかった。

「あ、い、いい……っ」

舌先が中に入ってくる感触に、早くも歩は乱れ始めていた。

しかし頭の片隅で、なぜ潤滑剤があるのに使わないのだろうという疑問が湧《わ》いてくる。

「ゆ、雄大さん……ゼリーを……」

「えっ？　ああ、そうか」

雄大も相当テンパっているらしい。ベッドの上を探り、枕元にあったゼリーの容器を見つけてむんずと摑む。

「入れるぞ」

ゼリーをたっぷりと指にすくい取り、雄大が神妙な面持ちで告げる。

「はい……」

雄大が指を入れやすいように、歩は太腿を押さえて恥ずかしい体勢を取った。

小ぶりなペニスがぷるんと揺れ、透明な先走りを滴らせているのが目に入る。

「……っ！」

ひやっとした感触に息を吞んだが、冷たかったのは最初だけだった。塗り込められていくうちに体温と馴染《なじ》んでとろけ、雄大の指の質感が生々しく伝わってくる。

「痛くないか？」

「はい……気持ちいいです……」

雄大の指の動きに、うっとりと身を委ねる。緊張がほぐれ、いつのまにか蕾は第一関節まで受け入れていた。

「もう少し入れても大丈夫か？」

頷くと、雄大がゼリーを足して指を潜らせてきた。

異物感と痛みに、かすかに眉根を寄せる。そのわずかな表情の変化も見逃さず、雄大は根気よく粘膜を馴らしてくれた。

「ふあ……っ!?」

ふいに訪れた奇妙な感覚に、歩ははっとして目を見開いた。

「痛かったか？」

「い、いえ、痛みもあるんですけど、なんか……っ」

「ここ？」

「そこ……っ、そこ、なんか変です……あああ……っ！」

めくるめく快感が痛みや異物感を上まわり、歩は背中を弓なりに反らせた。

初めて味わう種類の絶頂に、心も体も追いつけなくて混乱する。

「……歩、歩……！」

——雄大の大きな手が、頬を摑んで揺さぶっている。

はっとして、歩は自分が少しの間意識を飛ばしていたことに気づいた。

「大丈夫か？」

ようやく焦点の合ってきた目を見つめ、雄大が心配そうに尋ねる。

「ええ……今の……」

首だけ起こして見やると、胸や腹、そして濃紺の浴衣に精液が飛び散っていた。いつのまにか射精してしまったらしい。

「ああ。今のが歩の前立腺だ」

「……なんか……すごかったです……」

ぼんやりと宙を見つめて呟くと、雄大が心配そうに顔を覗き込んできた。

「今日はここでやめとくか？」

「……やめる？　いえ、やめないでください」

「またいくらでも機会はある。無理するな」

「雄大さん、僕……」

雄大の手を取って、歩は快感に目覚めたばかりの蕾へ導いた。

熱に浮かされるように……実際正気のときはできなかっただろうが、雄大の中指を持って、蕾に押し当てる。

蕾はうねうねと蠢《うごめ》いて、雄大の指を飲み込もうと吸いついた。

淫《みだ》らな動きに、雄大が驚いたように目を見開く。

「ここに、雄大さんの……入れてください」

「歩……！」

雄大が叫び、歩の両脚を抱えて交合の体勢を取る。

雄大の男根は、雄々しくそそり立ってすっかり準備を整えていた。太い茎には血管が浮き、大きく張り出した亀頭は先走りを溢れさせている。

「あああ……っ！」

押し入ってきた亀頭の太さと質感に、歩は歓喜の悲鳴を上げた。

ほんの少し蕾にめり込んだだけなのに、雄大が入ってきた悦《よろこ》びで全身が震える。

「痛くないか……っ」

「痛くないです……っ、ああっ、もっと、もっと来て……っ！」

「今行く……っ！」

肉厚の亀頭が、狭い肛道をぐいぐいと押し広げてゆく。

敏感な粘膜に雄大の動きが生々しく伝わってきて、歩は喘ぎながら身悶えた。

いよいよ雄大とひとつになれるのだ。初恋の、そして唯一の愛しい伴侶と——。

「うおおっ、だめだ、うわ、ああ……っ！」

ふいに雄大が動きを止めて、苦しげに叫んだ。

同時に、堰《せき》を切ったように溢れた奔流が、歩の中を熱く満たしてゆく。

「ひあっ、あ、あああ……っ！」

びくびくと痙攣《けいれん》し、歩は二度目の射精を迎えた。いったい何が起こったのかわからなくて、目を白黒させる。

「すまん、あまりにも気持ちよくて、暴発しちまった……」

雄大が歩の上に覆い被《かぶ》さり、荒い息を吐く。

「そんな……謝らないでください。今のもすごく気持ちよかったです……」

全部は入っていなかったが、愛しい男の精液を受けとめることができた。中が熱く濡れている感触に、感動と興奮が込み上げてくる。

「歩……」

「雄大さん……っ」

ひしと抱き合い、歩は雄大とともに経験した初めての快感の余韻を分かち合った。

先端はまだ歩の中に入ったままで、残滓を漏らし続けている。

どちらからともなく唇を重ね、次第に貪るような激しいキスへとエスカレートしてゆく。

「ああ……っ」

中で雄大が動いたのを感じて、歩の蕾がびくびくと震える。

結合した場所が、雄大が放った精液でぬちゃぬちゃといやらしい音を立てていた。

「歩……このまま続けてもいいか……」

「もちろんです……っ、続けてください……っ」

「うおお……っ！」

獣めいた唸り声を上げて、雄大がずぶずぶと押し入ってきた。

強引で性急な挿入だったが、切羽詰まっているのは歩も同じだ。

早く雄大のすべてを包み込み、大きさと形を味わいたい。

あの逞しい男根で気持ちいい場所を擦られて、奥まで深々と貫かれたい――。

「ひあっ、あ、あっ、雄大さんが、入ってくる……っ」

「ああ、わかるか？　俺は今、歩の中に入ってるんだ」

「あ、すごい、雄大さんの……っ」

信じられないほど奥まで、雄大が押し入ってきた。

「全部入ったぞ……」

「あ、あ……中で、動いて……っ」

「すまん、さっきいっちまったから……」

雄大の言葉に、先ほどの射精で少し萎《な》えていたものが、歩の中で再び力を漲《みなぎ》らせているのだと理解する。

（そんな、入ってくるときもすごくおっきかったのに、もっとおっきくなるなんて……っ）

雄大でいっぱいになった秘部が、気が遠くなりそうな快感をもたらしている。

おまけに雄大は、歩の中で更に力強く勃ち上がろうとしているのだ。

「歩……そんな、締めつけないでくれ……っ」

「えっ？　締めつけてなんか……ああっ」

「締めつけてる。ほら、ぎゅうぎゅうだ」

「ゆ、雄大さんが、おっきくなるから……っ」

どちらの言い分が正しいかわからないが、繋がった場所が大変なことになっているのは確かだ。

歩の熱く濡れた粘膜が雄大をいやらしく食い締め、雄大は雄大で硬くて太い勃起で歩を懊《おう》悩《のう》させている。

「動くぞ……っ」

「はい……っ」

衝撃に備えて、歩は雄大の首にしがみついた。

雄大が大きく息を吐き、腰を引いてずるりと自身のものを引き出す。

「ひああ……っ！」

生じた摩擦に、歩は悲鳴を上げた。

張り出した亀頭のえらが敏感な粘膜に引っかかり、途方もない快感を生み出したのだ。

だめだ、あまりにも生々しすぎる。

コンドームをつけてもらえば、ここまで生々しくはなかったかもしれないのに……。

「歩、大丈夫か」

口をぱくぱくさせて身悶える歩に、雄大は心配になったらしい。動きを止めて、気遣わしげに問いかけてくる。

「だ、大丈夫じゃないかも……」

「痛いのか？」

「いえ……気持ちよすぎてどうにかなりそうです……」

歩のその言葉が、雄大のリミットを解除したらしい。

言葉にならない言葉を叫び、猛然と腰を突き上げてくる。

「ひあぁ……っ！」

再び最奥まで貫かれ、歩は歓喜の涙をにじませた。

どこからどこまでが自分の体なのか、よくわからない。雄大と繋がっている場所だけが、やけに鮮明に感覚を浮き立たせていた。

「歩、好きだ……っ、ほんとに……っ！」

「あっ、あんっ、ああっ、そこ、気持ちいい……っ」

「ここか?」

「そこ……っ、あ、あ、もっと、ひあぁ……っ!」


——めくるめく初体験の記憶は、その辺りでぷっつりと途切れていた。

あまりの快感に、意識が朦朧《もうろう》としてしまったらしい。

雄大の腕の中で目覚めた歩は、天井を見上げてふうっと息を吐いた。

体中がみしみし音を立てるほど痛いが、心は幸福感で満たされている。

ついに雄大と結ばれた。

雄大とのセックスは想像していた以上に素晴らしい経験で、歩の体にはまだ興奮の余韻がありありと残っている。

そっと身じろぎして、隣で寝息を立てている愛しい恋人の顔を見やる。

額に落ちた前髪を指先でかき上げていると、雄大の瞼《まぶた》がぴくりと動いた。

「歩……?」

「……おはようございます」

急に気恥ずかしさが込み上げてきて、歩は目をそらした。

頬が熱くなり、鼓動も速くなってくる。

ゆうべのセックスは素晴らしかったが、当分雄大の顔を正面から見ることができなさそうだ。

「おはよう」

言いながら、雄大は歩の髪をくしゃくしゃとかきまわした。

日頃はそんなことはしないので、雄大も照れているのだろう。

「……体、大丈夫か？」

「……はい」

「じゃあ一緒に風呂に入ろうか」

「…………ええ⁉」

とんでもない申し出に、歩は目を見開いた。

「いやあの、ゆうべは中に出しちまったから、かき出さないと……」

「いっ、いいです！　自分でできますから！」

「いやでも、俺にも責任あるから」

「いえ！　中に出して欲しいと言ったのは僕ですし！」

押し問答をしているうちにふと視線が絡み合い、どちらからともなく笑みが零《こぼ》れる。

「ゆうべはほんと最高だった」

言いながら、雄大が歩の体を抱き寄せる。

「僕も……」

逞しい胸に頬を寄せて、歩も素直にそう答えた。

「あのさ、俺結構調子に乗ってあれこれ要求すると思うけど、嫌だったら遠慮せずに断ってくれよな」

「もちろんです。お風呂は一緒に入りません」

「でもまあ、そのうち一緒に入ろうな」

雄大が大きな口に魅力的な笑みを浮かべ、心臓がどくんと跳ね上がる。

「…………まあ、そのうちに」

クールに切り返せたと思ったが、言ったそばから頬が熱くなってしまう。

やはり、当分気恥ずかしさは消えそうにない。

赤くなった顔を見られたくなくて、歩は雄大の胸に顔を埋めた。

狼さんはご満悦

――冬の気配が色濃くなりつつある十一月中旬の金曜日。

空がほんのりと夕暮れの色に染まりかけた頃、書類鞄を手にした渡辺雄大《わたなべゆうだい》は、足早に花丘《はなおか》地方裁判所をあとにした。

「もしもし、渡辺です。今終わりました。執行猶予《ゆうよ》です」

信号待ちの交差点でスマートフォンの電源を入れ、上司である三宅《みやけ》に簡潔に報告する。

『そうか……よかった』

電話の向こうで、三宅がいつものように淡々と応じる。

『多分控訴《こうそ》するだろうから、まだ気は抜けないがな。詳しい話は事務所に戻ってから聞こう』

「はい、では後ほど。失礼します」

電話を切って、雄大は晴れやかな気分で空を見上げた。

先ほど法廷で判決が出たのは、とある企業でのパワーハラスメントに端《たん》を発した傷害事件だ。長年に渡って執拗なパワハラを受けていた被告が思いあまって上司をナイフで刺し、傷害罪で逮捕された。

ナイフは現場にあったもので、計画的な犯行ではないこと。被告は事件前に会社の上層部にパワハラについて何度か相談を試みていたこと。被告の弁護人として、雄大は会社側がパワハラの実態を把握しながらも放置していた点も厳しく追及した。

職場の無理解が被告を精神的に追い詰め、突発的な凶行に至らしめてしまった。彼の訴えに耳を貸していれば、悲劇は避《さ》けられたはずだ――。

通りを歩きながら、雄大は眉根を寄せた。

今日のところは雄大の主張が認められたが、三宅の言うとおり検察側は控訴するだろう。何より雄大の気持ちを暗くしたのは、パワハラをしていた上司の開き直った態度だ。刺されたことで被害者然とし、自分の暴力的な言動をこれっぽっちも反省していない。

（……俺がむかついても、どうにもならないんだけどな）

もやもやした気持ちを振り払おうと、俯《うつむ》きかけていた視線を上げる。

どんな仕事にも嫌な面はある。理不尽な思いをすることも多いが、今日のところは自責の念で憔悴《しょうすい》しきっていた被告人に寛大な判決が下されたことを喜ぶべきだろう。

四つ葉《よつば》ビルヂングが近づいてくると、雄大の意識は次第にプライベートな領域へと傾いていった。

この二週間、休日返上で働きづめだったので、今日は早めに帰宅したい。同棲中の恋人である小谷歩《こたにあゆむ》と一緒に食事をして、互いの近況を話しながらソファでいちゃいちゃしたりして、そのあとベッドで思う存分愛し合うのだ――。

（火曜日にセックスしたけど、出勤前で慌《あわ》ただしかったしな……。やっぱり時間をかけてゆっくりいちゃいちゃつきたいし）

頭の中が歩のことでいっぱいになり、つい頬《ほお》が緩んでしまう。すれ違った女性に怪訝《けげん》そうな目で見られ、慌てて雄大は表情を引き締めた。

このあとの仕事の段取りを考えながら、四つ葉ビルヂングの正面玄関の扉を開ける。ロビーへ足を踏み入れると、誰かが軽やかに階段を駆け下りてくる音が聞こえてきた。

「雄大さん？」

駆け下りてきたのは歩だった。びっくりしたように目を見開いている。

「やあ……もう上がり？」

眩しげに目を細め、歩の姿を舐めるように見つめる。ざっくりしたオフホワイトのセーターにブルージーンズ、足元はややごつめの編み上げブーツという格好が、歩の華奢《きゃしゃ》な体をいっそう引き立てていた。

「いえ、郵便を取りに来たんです」

エントランスに設置された郵便受けを指さしながら、歩がゆっくりと近づいてくる。

抱き締めたい衝動と闘いながら、雄大は歩ににじり寄ってじっと見下ろした。

「ようやく仕事が一段落した。今日は早めに帰れると思う」

雄大の言葉に、歩の顔がぱあっと輝く。

「そうなんですか？　僕も定時で上がれそうなので、久しぶりに晩ご飯一緒に食べられますね」

食事をともにすることを喜んでくれる恋人が可愛くてたまらなくて、雄大は体がじわっと熱くなるのを感じた。

しかしここで欲望のままに抱き締めてキスするわけにはいかない。歩に引かれないように、穏やかで紳士的な笑みを浮かべてみせる。

「何か買って帰ろうか？」

「いえ、昨日作ったおでんが残ってますから……あとは冷蔵庫にあるもので何か作ります」

「楽しみだな。帰る前に電話するよ」

興奮を悟られないように注意しつつ、郵便物を手にした歩と肩を並べて階段を上る。

「じゃ、またあとで」

「はい」

歩と三階で別れ、四階への階段を上がりながら、雄大は心が温かく満たされてゆくのを感じた。

仕事の疲れや嫌なことも、歩の笑顔を見るとあっというまに吹き飛んでゆく。

我ながら単純だが、事務所のドアを開ける頃にはすっかりご機嫌になっていた。


「お帰りなさい。ご飯にしましょうか。それともお風呂にします？」

玄関へ出迎えてくれた歩が、はにかんだ表情で雄大を見上げる。

思いがけないその姿に、雄大はごくりと唾《つば》を飲み込んだ。

最愛の恋人は、フリルのついた白いエプロン以外何も身につけていなかったのだ――。

(は、裸エプロン……！)

世の大多数の男が夢見ているであろう、キュートでエロティックなコスプレだ。

雄大も内心密かに歩の姿で思い描いたことがある。破廉恥な妄想の具現化に、全身の血がたちまち熱く沸騰《ふっとう》した。

「そうだな……せっかくだから、まずは歩をいただこうかな」

余裕たっぷりに言ったつもりが、声が上擦《うわず》ってしまった。急いで靴を脱いで玄関に上がり、歩の細い体に手を伸ばす。

「あ……っ」

艶めいた声を上げて、歩が雄大の腕の中で身をくねらせた。

「こんなエッチな格好で出迎えてくれるなんて、驚きだな」

はあはあと息を喘《あえ》がせながら、歩の首筋に顔をうずめて囁《ささや》く。

「……っ、こ、こういうの……嫌いですか？」

「まさか。歩の裸エプロンならいつでも大歓迎だ」

――自転車から降りて、門扉《もんぴ》の鍵を開ける。

ふうっと息をついて、雄大は妄想の世界から現実の世界へと戻っていった。

（世間の男たちは、いったいどうやって恋人に裸エプロンのリクエストをしているんだろう）

自転車を玄関脇の定位置に停めながら、眉間《みけん》に皺《しわ》を寄せて考える。

エプロンをプレゼントして、これを着て欲しいと言えばいいのだろうか。

歩は素直に受け取って、普通に服の上からエプロンをつけるだろう。裸になってエプロン一枚の姿になって欲しいなどと言ったら、きっと変態だと思われてしまう。

（ううむ……ただでさえ俺は性欲魔人だと思われていそうだからな。歩に嫌われるような要素は極力排除しないと）

歩に対して自分が少々しつこいことは自覚している。先日出勤前に交わったときも、二度目に挑もうとしてやんわりと拒絶されてしまった。

（あれは俺が悪かった……。ゴムつけるの忘れて歩にストップかけられたし）

蚊の泣くような声で「あの……コンドーム、つけてください……」と口にしたときの歩の真っ赤な顔を思い出し、興奮と同時に自己嫌悪が込み上げてくる。

生でするのは翌日が休日の場合だけと決めていたのに、我を忘れてしまった。

今のところ本気で抵抗されたことはないが、気をつけないと歩に関してはブレーキが壊れ気味だ。調子に乗って暴走しないよう、くれぐれも注意しなくてはならない。

裸エプロンの妄想を頭から振り払い、雄大は玄関の扉を開けた。

「ただいま」

「おかえりなさい……っ」

歩が——もちろん普通に服を着た歩が、弾むような足取りで出迎えてくれる。帰宅してから着替えたらしく、紺色のカーディガンにグレーのスウェットパンツという格好だ。

地味な部屋着姿であっても、現実の歩のほうが妄想の歩より何十倍も可愛い。

玄関の三和土《たたき》に立ち尽くし、雄大は歩の顔をまじまじと見つめた。

「……どうかしました？」

「えっ？　いや……なんかいい匂いがする」

「残ってた冷やご飯でリゾット作ったんです。おでんと合わないかもしれませんが……」

玄関に上がって、雄大は歩の体を抱き寄せた。先ほど暴走しないように自分を戒《いまし》めたばかりだが、抱き締めずにはいられなかった。

「ゆっ、雄大さん？」

「……あのさ、飯の前に、ちょっとだけいいかな」

歩の首筋に顔をうずめ、くぐもった声で問いかける。

「何を……？」

「いちゃいちゃしたい。ここんとこ忙しくてできなかったから」

「えっ？　ええ……っ？」

歩の体が強ばるのが伝わってきて、慌てて雄大は体を離して歩の目を見下ろした。

「いやあの、セックスじゃなくて。セックスは、飯食《めし》って風呂入ってからゆっくりしよう。だけどその前にちょっとだけ」

言いながら、歩の緊張をやわらげるようにそっと背中を撫で下ろす。

「…………はい」

雄大の手が肩と腰を二往復したところで、歩が目を潤ませて小さく頷いた。おずおずと雄大の胸に手を当てて、ぎこちなくもたれかかってくる。

その仕草に興奮を煽《あお》られて、雄大は息を荒げて歩の体を横抱きに抱き上げた。

「ひゃ……っ」

歩が小さく悲鳴を上げ、首にしがみついてくる。

心地いい重みを堪能しながら、雄大は歩をリビングのソファへと運んだ。歩を抱きかかえたまま、ソファの真ん中に腰を下ろす。

「歩……」

まずは唇を啄《ついば》み、軽いキスをくり返す。

そうしているうちに、歩の体から力が抜けてゆくのがわかった。もぞもぞと身じろぎし、雄大の胸にコアラのようにしがみついてくる。

口づけを深めながら、雄大は華奢な体をしっかりと抱き締めた。より密着できるように、腰を摑《つか》んで抱き上げる。

「あ……っ」

雄大の膝《ひざ》に跨《また》がった歩が、悩ましげな声を上げて頬を染めた。

（うお……っ）

スウェットパンツの中心の控えめな膨らみに、雄大はかっと目を見開いた。

歩が勃起している。

歩のペニスは実に素晴らしい。直に見てもよし、こうして布地を持ち上げているさまを愛《め》でるもよし。本人はサイズが小さくて陰毛が薄いのを気にしているようだが、すんなりした形も、初々《ういうい》しいピンク色も、瑞々しい果実のような亀頭も、まさに歩の印象そのものだ。

「……っ！」

つうっと指先で裏筋をなぞると、歩の平らな腹がびくりと震える。

鼻息荒くスウェットパンツを引きずり下ろそうとし、思い直して雄大は手を止めた。

（脱がせるのはまだ早い。もうちょっと焦らしてから……！）

初めてのとき、歩が下着の中で射精するところを見たせいか、雄大は着衣でのエロスにこだわりを持つようになった。裸エプロンを切望しているのも、歩がエプロンの前を濡らして恥ずかしがるところを見たいからだ。

歩が触って欲しそうにもじもじと腰を揺らすさまを愉《たの》しみつつ、雄大はカーディガンの裾《すそ》から手を忍び込ませた。

「……ん……っ」

敢《あ》えて直《じか》に触らず、カーディガンの下のシャツの上から胸をまさぐる。

感じやすい乳首はつんと尖り、雄大の愛撫《あいぶ》を待ち侘びていた。親指の腹で、丸い肉粒をぎゅっと押し潰す。

「ひゃんっ」

「ああ、悪い。痛かったか？」

痛くて上げた声ではないことはわかっていたが、雄大はわざとそう尋ねた。

「いえ、痛くないです……っ」

真っ赤になって答える歩に欲情をかき立てられ、両手でぐりぐりと乳首をこねくりまわす。

「あっ、あ……っ」

切なげな声を上げて、歩が雄大の手を摑んだ。振り払うためではなく、もっと弄ってくれとねだるために。

（たまらん……！）

性急な手つきで、雄大はカーディガンごとシャツを捲り上げた。

白くなめらかな胸にぽつんと浮かんだ薄桃色の乳首が、外気に晒《さら》されてふるりと震える。

歩の乳首は実に素晴らしい。清楚で可憐で、その上ひどく敏感だ。歩とつき合い始めたとき、雄大はいつでも好きなときに――もちろん時と場合に応じてだが――この可愛らしい乳首を見たり触ったり舐めたりできるようになった幸せに感謝せずにはいられなかった。

「あ……っ、雄大さん……っ」

乳首に見とれていると、歩が恥ずかしそうに喘ぐ。

これ以上我慢できそうになくて、雄大は猛然と歩のスウェットパンツを引きずり下ろした。

「ふあっ⁉」

下着が現れた途端、思わず素っ頓狂な声が出てしまった。

これは夢か幻だろうか。歩の大事な部分を覆っているのは、いつものボクサーブリーフではなく白いビキニタイプのパンツだったのだ——。

（これはいったい……⁉）

声もなく、雄大は血走った目で歩のそこを凝視した。

合わせ目のない前閉じタイプなので、いつもよりも形がくっきりと浮き出している。伸縮性のある布地にはほんのりとピンク色が透けており、先端を覆った部分にはぽつんと小さな染みができていた。

あまりに刺激的な光景に、頭がくらくらしてきた。

素朴なボクサーブリーフも歩らしくて可愛いが、セクシーな下着姿も見てみたい。心に秘めた願望を歩に伝えたことはなかったはずだが、ひょっとして寝言か何かで口走ってしまったのだろうか……。

「……やっぱり変ですか？」

雄大の無言の凝視に耐えられなくなったのか、歩が赤くなってビキニの前を手のひらで覆い隠す。

「いや、隠さないでくれ……！」

ようやく絞り出した声は、ひどく掠れていた。歩の手をそっと握り、再びエロティックな膨らみを露《あら》わにする。

「全然変じゃない。すごくいい」

「いつも色気のないパンツだから、ちょっと違う感じにしたくて……」

「大歓迎だ……！」

「ひあ……っ」

気づくと、雄大は歩の体をソファの上に押し倒していた。間近でじっくり観察するべく、歩の腰を摑んで面積の小さい布地に顔を近づける。

「い、いや……っ」

雄大の視線に、歩が恥ずかしそうに内股《うちまた》を擦り寄せる。

この場合の「いや」は、拒絶の言葉ではない。最初の頃は「いや」と言われるたびに手を止めて確認していたが、この頃は歩が本当に嫌がっているのか、それとも恥ずかしく照れているだけなのか、表情や声音でわかるようになってきた。

「俺に見られて恥ずかしい？」

「…………はい」

「だけど、俺に見せるために穿いてくれたんだろう？」

「……っ」

雄大の指摘に、歩が真っ赤になって長い睫《まつげ》毛を伏せる。

（しまった。なんか言葉責めっぽくなっちまった）

つい調子に乗って、エロおやじ的な発言をしてしまった。慌てて体を起こし、仕切り直そうと言葉を探す。

しかしそのとき、雄大は歩の先走りに白濁が混じり始めていることに気づいた。

（ふおっ⁉）

雄大の視線に晒されながら、白いビキニに淫らな染みがじわじわと広がってゆく。

——うっかり口走ってしまった言葉責めに、歩が興奮している。

いつのまにか雄大の欲望も、ズボンの中ではち切れんばかりに隆起していた。

「雄大さん……」

歩の潤んだ瞳が雄大を見上げ、熱に浮かされたように手を伸ばしてくる。

「うわ……っ」

ズボンの上から勃起に触れられて、思わず雄大は呻いた。

「ご、ごめんなさ……っ」

「いや、いいんだ。ちょっと待ってくれ」

急いでスーツの上着を脱ぎ、ネクタイを毟《むし》り取る。ベルトを外し、慎重にファスナーを下ろすと、ボクサーブリーフのたわわな膨らみがぶるっと揺れて露わになった。

「すまん……ちょっとだけじゃすまないかもしれない」

はあはあと息を喘がせながら、雄大はワイシャツを脱ぎ捨てた。

「いえ……僕も、ちょっとだけじゃないほうがいいです……っ」

歩の声も、欲情に上擦っていた。自らビキニに手をかけて、もどかしげに引きずり下ろしてゆく。

「歩……！」

「あっ、ゆ、雄大さん……っ！」

ソファの上で折り重なり、たちまち歓喜の渦に飲み込まれてゆく。

雄大の脳裏に、今日の午後四つ葉ビルヂングのロビーでばったり会ったときの歩の姿が浮かび上がる。あのときは、まさか今夜歩が自ら進んでビキニを穿いて披露してくれるとは思いもしなかった。

（これは、裸エプロンも夢じゃないかも……！）

愛しい恋人の積極的な一面に、雄大は期待に胸を高鳴らせた——。

あとがき

こんにちは、神香うららです。

まずはお手にとってくださってどうもありがとうございます。


今回は商業誌では初めての攻め主人公です。

そして私が書く話にしては珍しく攻めが我慢しております。

エレベーターにふたりきりで閉じ込められるというシチュエーションはＢＬに限らず恋愛ものの定番だと思うのですが、ここでも敢えて我慢させました（笑）。更にはめでたく想いが通じ合ったあとも、最後の最後でお預けを食らわせたという……。

このままでは雄大が可哀想なので、後日談では今まで我慢してきたご褒美として、思いっきりラブラブ&いちゃいちゃさせてやりました。歩もすっかり発情モードになっているので近々雄大のリクエストに恥じらいつつも応えてくれることでしょう。

難波のお相手については、思わせぶりな書き方になってしまってすみません。機会があれば病院で再会した元彼との話を書きたいなと思っています。

舞台となった花丘市は架空の町で、モデルは私が生まれ育った岡山市です。裁判所の位置などは都合良く変えていますが、四つ葉ビルヂング周辺は丸の内、内山下あたりの城下と呼ばれるエリアをイメージして書きました。

近くに旭川が流れ、後楽園と岡山城があり、ぶらぶら歩くのにちょうどいい場所です。もし岡山を訪れる機会がありましたら、ぜひ路面電車に乗って城下まで足を伸ばしてみてください。石関町、出石町あたりもおすすめです。素敵なカフェもありますよ～。

イラストを描いてくださった花小蒔朔衣先生、どうもありがとうございました。男前な雄大と美人な歩、ふたりともフェロモンむんむんでまさにイメージ通りでした。そして狼とうさぎのちびキャラ、悶絶するほど可愛いです……！　皆さまもぜひ帯をめくってみてください。怯える歩うさぎが超絶キュートです！

担当さま、このたびも大変お世話になりました。原稿に行き詰まっていたとき、いただいたアドバイスや励ましのお言葉に本当に助けられました。どうもありがとうございます。タイトルが決まらなくて悩んでいたときにご協力くださった編集部の皆さまにも感謝です。

最後になりましたが、読んでくださった皆さま、どうもありがとうございました。

よかったらご感想などお聞かせください。

またお目にかかれることを祈りつつ、このへんで失礼いたします。


神香うららでした。

✦初出　狼さんはリミット寸前……………………書き下ろし
うさぎさんもリミット寸前…………………書き下ろし
狼さんはご満悦……………………………書き下ろし

神香うらら先生、花小蒔朔衣先生へのお便り、本作品に関するご意見、ご感想などは
〒151-0051 東京都渋谷区千駄ヶ谷 4-9-7
幻冬舎コミックス　ルチル文庫「狼さんはリミット寸前」係まで。

幻冬舎ルチル文庫

狼さんはリミット寸前

2014年8月20日　第1刷発行

✦著者　神香うらら　じんか うらら

✦発行人　伊藤嘉彦

✦発行元　株式会社 幻冬舎コミックス
〒151-0051 東京都渋谷区千駄ヶ谷 4-9-7
電話 03(5411)6431[編集]

✦発売元　株式会社 幻冬舎
〒151-0051 東京都渋谷区千駄ヶ谷 4-9-7
電話 03(5411)6222[営業]
振替 00120-8-767643

✦印刷・製本所　中央精版印刷株式会社

✦検印廃止

ISBN978-4-344-83208-4　C0193　Printed in Japan